Artur Namenlos

born in the year 1949

Artur Namenlos

Biographisch angehauchte
Kriminalerzählung

aus dem

Saar-Nahe-Hunsrück Bergland.

2016

Alle Rechte an dieser Ausgabe

Helmut A. Meisberger

Alle handelnden Personen sind frei erfunden o-
der weisen in der
Namensgebung Ähnlichkeiten auf und sind in
der
Region weit verbreitet

Herstellung und Verlag:

BoD – Books on Demand, Norderstedt

ISBN 978-3-8391-3910-3

Vorwort

Ich bin kein Kind von Traurigkeit, stamme ich doch aus einem karnevalistisch geprägten Land, wo nicht jedes Wort auf die Goldwaage gelegt wird, wo selbst Schimpfwörter manchmal als Lob angenommen werden.

Das Saar-Nahe-Bergland mit seiner sanften Hügellandschaft, südlich vom Hunsrück mit bis zu 900 m hohen Bergen gelegen, wird geprägt in meiner näheren Heimat, dem St. Wendeler Land, weithin sichtbar und in seiner Form einzigartig vom Schaumberg, dem König der Saarberge mit einem ca. 36 m hohem Turm, 568 m in den Himmel ragend.

Dieses Wahrzeichen ist im ganzen Saarland bekannt und war in meiner Jugend im Karlsbergstern ein großer Werbeträger der größten Brauerei des Saarlandes gewesen. Dieser Stern war von Beginn an prägend für meine Kindheit und Jugend. Als Kind habe ich allerdings den Rundblick über das Land vom Weinhausköpfchen aus genossen, denn dort konnte ich alle relevanten Ortschaften und Gegebenheiten erfassen und wenn Fremde Auskunft erhofften, welche Häu-

ser zu welchem Ort und welche Namen die Erhö-
hungen und Berge haben, konnte ich es von da
oben am besten erklären. In sol-chen dörflichen
Regionen kennt Jeder Jeden und es war schon
ein besonderes Ereignis in unserem Wirtshaus,
wenn sich Fremde einfanden. Es gibt natürlich
in Deutschland viele Gegenden, die diesen Mit-
telgebirgscharakter mit Wiesen und Feldern,
mit Laub- und Nadelwäldern sowie kleineren
und größeren Bachläufen vorweisen können
und schön anzuschauen sind. Für Wanderer,
Reiter oder früher auch für marschierende Sol-
daten aus der nahen Kreisstadt St.Wendel war
es immer eine große Herausforderung, vom Tal
her die teils steilen oder sich lang hinziehenden
Höhen durch dunkle Waldpassagen zu erklim-
men. Dass es sich hier um einen geschichtsträch-
tigen, für Kelten wie Römer aus Urzeiten begehrten Siedlungsplatz handelte, ist mir aus ei-
genem Erleben bekannt, konnte ich doch in ein
Grab schauen, das einem wohlhabenden Krieger
aus vergangenen keltischen Zeiten als letzte Ru-
hestätte diente. Bekannt ist auch, dass der Wa-
reswald seinen Namen von Rixus Varus haben
soll was in der jüngsten Zeit durch Ausgrabun-
gen dort belegt ist und dass zumindest eine römi-
sche Siedlung oder ein Handelsplatz an der
Straße von Metz nach Mainz vorhanden war.

Viele die in die Region kamen, hatten vielleicht die Hoffnung, den goldenen Streitwagen des Rixus Varus zu finden, mit dem er dem Teufel davonfahren wollte. Ebenfalls deutet der Name Weinhausköpfchen daraufhin, dass es zu jener Zeit hier an der Römer- oder Rennstraße (heute Rheinstraße) ein Weinhaus gab, wo die Römer sich erfrischen konnten. Wie bekannt ist, waren die Römer ohne den Wein keine richtigen Krieger und sollen pro Tag einen Liter des edlen Rebensaftes zu sich genommen haben. Der Wirt war der Meinung, dreiviertel Wein und ein Viertel Wasser gibt auch ein Maß und die Römer würden es nicht merken. Jedoch, wer seinen Wein kennt, der erkennt sofort die Fälschung. Weinfälschung wurde zu der Zeit mit dem Tode bestraft. Zusätzlich verdammte der Herrgott ihn, in mondhellen Nächten über das Weinhausköpfchen zu laufen und laut auszurufen: Dreiviertel Wein und ein Viertel Wasser gibt auch ein Maß. Böse Zungen behaupten, dass diese Vorgehensweise auch in der heutigen Zeit noch in manchen Ländern praktiziert wird. Im Grunde will ich in diesem Buch eine Werbung für meine engere Heimat betreiben. Für die folgenden Geschehnisse kann es aber zum besseren Verständnis beitragen. Marpingen ist zumindest seit den neunziger Jahren des letzten Jahrhunderts durch die Marienerscheinungen auch in den anderen Ländern dieser Republik und nicht zu Letzt in ganz Europa und dem Rest der Welt bekannt geworden. Die älteste Marienverehrungsstätte befindet sich in unmittelbarer Nähe der Kirche: der Marienbrunnen. Weitaus bekannter ist allerdings die "Härtelwaldkapelle". Hier soll bereits am 3. Juli 1876 die Muttergottes drei Mädchen mehrfach erschienen und Heilungen von Kranken nach Berührung der Marienstatue geschehen sein. Noch heute pilgern wie damals jährlich viele Gläubige in den "Härtelwald", um zu beten und um die Muttergottes zu verehren.

Nach der neuerlichen Erscheinung der Muttergottes im Jahr 1999 wurde der Ort von vierzigtausend Pilgern überflutet. Allerdings, so erzählte mir meine Mutter, kauften die Pilger, die in die Kapelle auf der Rheinstraße zum Beten kamen, noch nicht einmal eine Cola. „Die han alles mitgebrong". Inzwischen ist wieder Ruhe eingekehrt und wer sich das Wasser von der Quelle der Marienerscheinung im Härtelwald mit-nehmen möchte, in der Hoffnung, dass es gegen das eigene Zipperlein hilft, kann das ohne anzustehen erledigen.

In herrlicher Lage findet man ebenfalls auf der Rheinstraße die "Johannes Kapelle" ("Stroßer"-

Kapelle). Übrigens hat man von dort eine tolle Aussicht über das St. Wendeler und Marpinger Land. Spuren aus altrömischer und keltischer Zeit sind in Marpingen eigentlich überall im Außenbereich anzutreffen. So findet man beispielsweise auf den Höhenzügen rund um Marpingen vielerorts Hügelgräber vornehmer Kelten und Römer. Der in den 70er Jahren ausgebaute Segelflugplatz auf „der Sang" in Marpingen, am Fuße des Schaumberges, hat dazu beigetragen, dass Marpingen vor allem bei den Segelfliegern bekannt wurde. Mein Bruder gehörte zu den begeisterten Segelfliegern und ich kann mich an die Deutschen Segelflugmeisterschaften erinnern, an die vielen Teilnehmer, wie sie über die Höhen des Schaumberges zur Landung ansetzten, ähnlich einem Schwarm Möwen an der Nordseeküste. Es ist zu verstehen, dass man sehr gerne in die Heimat fährt, um festzustellen, dass sich außer ein paar Neubauten, ein paar Zugezogenen und ein paar fehlenden Bäumen durch Sturm und Wind, nicht viel verändert hat. Die Kapelle steht noch an ihrem Platz, neben der Wirtschaft. Am Sonntag ist die männliche Bevölkerung gespalten in die „Wirtschaftsgänger" und die „Kirchgänger", nach der Messe stehen oder sitzen sie dann gemeinsam im Gasthaus „Zum Krug im grünen Kranze", um wie immer bei solchen Diskussionen die Geschehnisse der Vergangenheit, Gegenwart und Zukunft von allen Seiten mit den gegensätzlichen Meinungen lautstark zu vertreten. Wenn ich dann Fragen zu diesem oder jenem Thema aus der Vergangenheit habe, finden sich immer Wissende, die über die Jahre hinweg die Vorgänge für solche Fälle im Gehirn gespeichert haben. Ist es in diesem Stimmengewirr auf einmal ruhig, als wenn die Welt den Atem anhält, ist ganz bestimmt ein Gast angekommen, den niemand kennt und der erst einmal mit den wichtigsten Sinnen, Augen und Ohren, überprüft wird. Ist keine Gefahr zu erwarten, fängt der Palaver von vorne an und der Ankömmling wird von dem Stimmengewirr überrollt.

In einer überwiegend katholischen Gegend bestimmen die Höhe-punkte im liturgischen Ablauf, sprich die hohen Feiertage, auch heute noch das Geschehen. Will man Verwandte und Bekannte treffen, so sind Ostern, Pfingsten Weihnachten, die Kirmes oder Geburtstage mit einer Null am Ende der Jahreszahl die bevorzugten Reisetage.

1.Kapitel

Es ist diesmal das verlängerte Wochenende über den ersten Mai, als wir wieder zu zweit, wie in den letzten Jahren überraschend für die Mutter, die Wirtschaft betreten. Alles ist an seinem Platz, der Tisch vor dem Nebenzimmer ist seit Jahren die Domäne der Chefin, hier liegen die neuesten Nachrichten oder verschiedene Illustrierte und Zeitungen in regelmäßiger Unregelmäßigkeit.

Hier setzen sich nur die Verwandtschaft oder Gäste hin, die andere Anliegen als Durst haben. Nach über fünfzig Jahren kann man die Sorgenfalten im inzwischen gealterten Gesicht sehen, aber auch immer noch die Neugier aus ihren Fragen heraus hören, die in die Zukunft gewandt sind. Das Nachtquartier für uns ist in den letzten Jahren bei meinem zweiten Bruder im Ortsteil Berschweiler im Tal, ca. 5 Kilometer entfernt. Die ersten Stunden gehören den Berichten aus den vergangenen Wochen und Monaten, wer diese, unsere schöne Erde, verlassen hat, so nach dem Motto": Du kennscht doch dem Hannsnickels sei Bub?!" Ich kenne jedoch sehr viele gar nicht mehr und die Beschreibung der ganzen Person oder Familie bringt meine Erinnerung nicht zurück. Da auch Berschweiler schön im Tal des Alsbach gelegen ist, kann man die am Ende steil ansteigenden Wege zu ausgedehnten Spaziergängen nutzen. Es ist eine abwechslungsreiche Landschaft, in der jede Minute alle Sinne berührt werden. Ob die Vögel ihr Konzert anstimmen, die Greifvögel die Thermik für Ihre Nahrungssuche nutzen, die Hasen und Rehe die saftigen Bergwiesen zum Äsen erwählt haben, hier fühlt man sich zu Hause. Bevor es dann in die Kreisstadt geht, wird die Oma noch nach Bedürfnissen befragt., Dann folgt zumindest einmal ein Stadtbummel und wieder mal erzähle ich den Mitreisenden, wo meine Lehrfirma war, wo unsere Filialen waren und wie die moderne Zeit wie überall die funktionierende Innenstadt kaputt macht. Ein Geschäft nach dem anderen wird geschlossen und das Leben in der Stadt reduziert sich auf die Suchenden oder die großen Veranstaltungen, die der rührige Bürgermeister installiert hat.

An diesem ersten Sonntag im Mai, schreiten wir zur Tat. Nach vielen Anläufen lenken wir unsere Schritte über den "Homerich" talwärts Richtung Marpingen. Nein, wir wollen nicht zu Fuß nach Berschweiler, wir wollen wie in meiner Kinderzeit, die Umgebung des Steinbruches erkunden, wo einst mein Vater und viele andere aus dem Dorf als Steinabrichter aus dem blauen Basalt die Pflastersteine für Straßen, Plätze und Hofeinfahrten in mühevoller, sitzender Haltung, stundenlang in kühler, ungesunder Umgebung fertigten. Kindlicher Neugier und Nachahmung ist es zu verdanken, dass ich bei dem Versuch, wie die Großen den Berg zu sprengen, fast mein Leben verlor, als die Wurzel, an der ich mich in 15 m Höhe festhielt, sich als morsch erwies und ich kopfüber in die Tiefe stürzte.

Nun, wie gesagt, ist an diesem Sonntag das Ziel, der große Steinbruch, der damals zu den Bettinger Hartsteinwerken gehörte und zu dem man entweder über den „Homerich" oder rechts vorbei über den „Landgraben" gelangen konnte. Da ein obligatorischer Besuch bei meiner Schwester uns den zuerst erwähnten Weg einschlagen ließ, gingen wir bis zum Pulverhäuschen auf dem geteerten Weg und bogen dann scharf rechts ab um auf dem von Traktoren ausgefahrenen Weg zur alten, verfallenen Schmiede zu gelangen. Dort befanden sich damals auch die Waage für die großen Berliet- und MAN-LKW, mit der die hergestellten Steine gewichtsmäßig erfasst wurden. Beim Blick durch das glaslose Fenster sehe ich vor meinem geistigen Auge, die Esse, den großen Amboß und den muskulösen Schmied bei der Arbeit. Weiter geht heute der ausgefahrene Weg geradeaus bis zum Landgraben, wo man dann links nach Mar-pingen und rechts wieder auf die Rheinstraße gehen kann. „Guck mal!", sage ich zu meiner Frau: „Guck mal, da steht ja mein Traumwagen. Sogar in meiner Lieblingsfarbe, nachtblau! Sogar das Kennzeichen könnte zu mir passen: Meisberger Deutschland – Weinhaus Köpfchen! 442 Meter könnte man aus "MD-WK 442" herauslesen." Allerdings war mir, als hätte ich den Wagen erst vor kurzem auf der Autobahn gesehen. Ja, als ich gerade zur Schule ging, gab es auf der Rheinstraße meines Wissens nur zwei Autos, ein für damalige Zeit schon sehr bekannter VW Käfer und besonders in Frankreich berühmt, ein 4 CV Renault, ein Cremeschnittchen.

Der Gessner Fritz fuhr im VW Käfer und wenn ich mich richtig erinnere, hatte der der Engelbert, den Renault. Bei mir hatte irgendwie der Rallye Monte Carlo Sieger bleibende Eindrücke hinter- lassen und so habe ich bis heute fast alle Renault Automobile der Nachkriegszeit zumindest gefahren. Ob R4 bis R 19 und zuletzt Renault Laguna. Dann fuhr ich als Dienstwagen jahrelang VW. Vor einiger Zeit fiel mir dann das neueste Modell, das Renault Laguna Coupe´ ins Auge und spontan sagte ich zu Gisela, meiner seit über 40 Jahren Angetrauten, wenn ich mir noch ein Auto zulege, dann dieses. „Du spinnst ja“, war ihre Antwort. „Wie willst Du denn da reinkommen mit deinen alten, kaputten Knochen?“ Und nun stand dieses Traumauto an diesem Sonntag im Mai hier ge-parkt zwischen den wildwachsenden Birken, Himbeer- und Brombeersträuchern, so als wollte er sagen: „Komm steig ein, wir machen eine Spritztour“. Obwohl es die Tage vorher geregnet und auch geschneit hatte, sah das Auto sehr sauber aus. Das konnte eigentlich nur bedeuten, dass es vom geteerten Weg dort oben bei den neuen Häusern hierher gefahren wurde. Aber wo waren die oder der Insasse? Mein geschultes Auge hatte natürlich sofort erkannt, dass die Fahrertür nur angelehnt war. Da wir allerdings schon eine Weile hier bei der Schmiede und am Auto waren, konnte zumindest ein menschliches Bedürfnis für die Abwesenheit des Besitzers nicht verantwortlich sein. „Das ist aber leichtsinnig, das Auto hier offen abzustellen“. Vor allen Dingen wenn man noch möglicherweise im Aktenkoffer wichtige Papiere hat. „Wir gehen noch mal da rechts in den kleinen Talkessel, dort zwischen den Eiben hindurch. Kannst Du dich erinnern? Dorthin waren wir mit den Kindern vor Jahren hingegangen und es sprang ein munteres Rehlein hervor.“ Jetzt, wo sich die Arbeiten im Steinbruch ca. 500 Meter nach Nordwesten verlagert haben und auch die Gebäude und Buden nicht mehr benutzt wurden, breitete sich die Natur immer weiter aus und die Tiere des Waldes und der Wiesen hatten hier sehr gute Versteckmöglichkeiten, da Spaziergänger häufig gar nicht abseits der heute sauber geteerten Wege gehen durften. Beim Weggehen warf ich noch einmal einen Blick auf das KFZ Zeichen und ich war auf einmal ziemlich sicher, den Wagen im Raum Kassel auf der Fahrt ins Heimatland von Jessen an der Schwarzen Elster über Mansfeld im Südharz auf der Autobahn gesehen zu haben. „Mensch Gisela, der hat uns doch kurz hinter Kassel überholt." Da ich seit Jahrzehnten in Schleswig-Holstein wohne, führte unser Weg meistens an Köln vorbei, durch die Eifel über Bitburg nach Marpingen. Wenn wir viel Zeit hatten, auch mal an der Nahe entlang. In den ersten Jahren war unser Weg meistens über Frankfurt, Kaiserslautern.

Doch nach dem die Familie größer geworden und das Auto ein normaler Diesel, waren die Kasseler Berge und andere natürliche Hindernisse der Grund, hinter Hamburg rechts abzubiegen und die flache norddeutsche Tiefebene zu nutzen. Doch diesmal führte uns der Weg über Meisberg im Südharz und Quedlinburg auf der

Suche nach den Wegen, die nach meiner Meinung unsere Vorväter ins Saarland geführt haben, in die Heimat. Insgeheim hoffte ich schon mit Kaiser Karl dem Großen verwandt zu sein, als ich feststellen musste, dass die Meisberger wahrscheinlich gar nicht aus dem Saarland stammen. Aus der Schulzeit wusste ich, dass Teile des Kreises St.Wendel, der Kreis Homburg und die Pfalz zeitweise zu Sachsen-Coburg gehörten, der Karlsberg Stern hatte zu dieser Zeit als Zusatz "Bayerische Bierbrauerei". Auch ist mein Bruder heute noch ein großer Fan von Bayern München. Bei meiner Recherche im Internet fand ich dann in der Nähe von Magdeburg eine „Meisberger Straße" und da mir ein berühmter Vorfahre bis jetzt nicht untergekommen war, konnte es nur ein Bezug zu einem Ort sein. Und siehe da es gibt diesen Ort in Sachsen-Anhalt mit Namen Meisberg. Ich sah mich schon auf der Rathaustreppe stehen und in Kennedy Manier ausrufen „Ich bin ein Meisberger!".

Nun, von Meisberg aus war der weitere Weg vorgezeichnet, über Kassel, Frankfurt, Kaiserslautern. Was wollte er hier. Vielleicht war es ja ein Bekannter der Apothekerin, die schräg gegenüber von meiner Schwester in der im französischen Landhausstil errichteten Villa wohnt. Sie war während der Woche in Sachsen-Anhalt in ihrer Apotheke. Meine Schwester führt während dieser Zeit die Hunde aus und meine Schwägerin fungiert als Raumpflegerin. Wir haben sie kurz beim sechzigsten Geburtstag von Steffi gesehen. Allerdings, warum sollte er die paar Meter mit dem Auto fahren. „Mach Dir nicht so viele Gedanken. Das geht uns ja nichts an!" Hätte ich mir auch denken können, dass für meine Frau damit die Geschichte beendet war. Schließlich glaubt man sich nach vierzig Jahren zu kennen. Nachdem wir den schmalen Zugang zu dem kleinen Talkessel passiert hatten, tat sich die Natur vor uns in ihrer ganzen Majestät auf. Die Anhöhe in der Mitte des kleinen Paradieses war erst nach einigen Metern zu erkennen. Das Buschwerk schickte sich an, seine Blätter anzulegen, die Frühlingsblumen gaben schon die ersten Farbtupfer, dazwischen das dunklere Grün einiger Fichten und Kiefern. Und selbst das Gras schickte sich an, das Grün saftig aussehen zu lassen. Wie vor Jahren springt ein Reh auf und davon. Um evtl. noch weitere Tiere zusehen, war das Bemühen, leise weiter zugehen, ein Rascheln, Bewegung im Buschwerk, doch kein Rehbock der weg springt. Wahrscheinlich ein Fuchs oder ein größerer Vogel. „Lass uns noch außen vorbei gehen. Dann gehen wir de Landgrave hoch und zu Oma Kaffee trinken." „Schau mal da vorne, die

vielen Maiglöckchen. So viele auf einem Fleck!"
Da meine Frau kurzsichtig ist, konnte sie diesen
großen, weißen Fleck nicht besser erklären. Ich
sehe jedoch sofort, dass dieses blütenweiße Ge-
bilde keine Blumen, sondern ein Hemd um ei-nen
kräftigen Oberkörper eines Mannes im mittleren
Alter ist. Der einzige Fehler ist dieser dunkelrote
Fleck auf der linken Brustseite. Das bleiche Gesicht meiner Frau zeigt mir, dass auch für sie die
Maiglöckchen nicht mehr existieren.
Ein großer Held war ich nie und so fehlt mir
auch der Mumm, zu prüfen, ob der Mann noch
lebt, der Puls noch zu fühlen ist. Dem Augenschein nach ist hier nichts mehr zu machen. Normalerweise funktioniert mein Mobiltelefon auf
der Rheinstraße nicht sehr gut. Gott sei Dank
können wir hier aus dem Steinbruch die Polizei
informieren. Wir beschließen, vorne am Wagen
zu warten. Die erste Überraschung, der Wagen
ist weg. Wir haben allerdings keinen Motor oder
ein anderes Geräusch gehört, nur die tief flie-
gende Hercules der US Air Force hat eine ganze
Zeit die Gegend mit Lärm erfüllt. Nun wie dem
auch sei, wir müssen auf die Polizei warten.
Fünfzehn Minuten später ist die Ortspolizei da.
Nach Beantwortung einiger Fragen teilt uns der
Beamte mit, dass in einer halben Stunde die Kriminalpolizei aus Saarbrücken da sein wird und

wir uns so lange vor Ort aufhalten sollen. Der Weg über die Autobahn scheint gut befahrbar gewesen zu sein. Bereits nach zwanzig Minuten biegt der silberfarbene Dienstwagen um die Ecke. Zwei Männer steigen aus, wovon ich trotz längerer Abwesenheit von zu Hause einen als Saarländer zweifelsfrei zu erkennen glaube. Hauptkommissar Schliemann würde jedoch in einem Film im Norden Europas mit seinen blonden Haaren wahrscheinlich die Hauptrolle spielen. Doch die Begrüßung zeigt, daß dieser Herr eher in Bayern beheimatet ist. „Warum sind Sie hier hergekommen?", fragt Inspektor Recktenwald. „Aus Neugier was sich in den vergangenen Jahren hier verändert hat." „Wo ist denn der Wagen den Sie angesprochen haben" "Als wir aus dem kleinen Talkessel zurückkamen, war das Auto weg.

Motorengeräusche haben wir nicht gehört. Allerdings flog eine Hercules aus Baumholder sehr tief vorbei" „Woher wissen Sie, dass dieses Flugzeug aus Baumholder kam?" „Mein Bruder, der in Berschweiler wohnt, hat mir erzählt, dass die Transportflugzeuge der Amerikaner regelmäßig diese Route nehmen." Nach allgemeinen Fragen nach Uhrzeit und Aufenthaltsort setzen wir unseren Weg fort und kommen zu spät zum Kaffee, der Appetit war uns allerdings vergangen. „Wo komme ihr dann jetzt her. Direkt aus Hamburg?" Ein lang-jähriger Stammgast steht wie eine feste Institution am Tresen, Oma sitzt an Ihrem Lieblingsplatz. „Wir haben einen Spaziergang über den Homerich gemacht und unten im Bruch einen Toten gefunden. Die Polizei wird garantiert noch vorbeikommen und fragen, ob jemand etwas gesehen hat.".

Der Gast ist immer oder meistens am Buffet mit einem Urpils, halber Liter versteht sich, wenn ich zu Besuch nach Hause komme. Er ist einer der vielen Stammkunden die seit Jahren den Lebensunterhalt meiner Mutter sichern. Eine saarländische Gaststätte ist nicht nur für die Erfrischung des Körpers zuständig, sondern hier wird auch „Wirtschaftspolitik" gemacht. Manche Gäste fungieren als Nachrichtenüberbringer, schneller als die Post. Für Kaffee war es nun zu spät, also setzten wir uns zu meiner Mutter und unterhielten uns über familiäre Dinge. Trotz Ihres Alters hört meine Mutter erstaunlich gut und jede Bewegung an der Tür führt zur Drehung des Kopfes in diese Richtung. Der bisher vorhandene Geräuschpegel aus Unterhaltung, Flaschen abstellen und Raucherhusten wird abrupt unterbrochen, der Gast, der den Schankraum betritt, ist nicht von hier. Zumindest scheint ihn keiner zu kennen. Auch der Gang zu einem der einzeln stehenden Tische zeigt Desinteresse an jeglicher Unterhaltung. Dienstbeflissen eilt meine Schwägerin hin, um die Bestellung einzuholen. „Eine Cola bitte!", verhindert die wahrscheinliche Frage: „Han se sich verlauf?", die in solchen Fällen meist gestellt wird. „Hast Du den schon mal gesehen?", fragt mein Bekannter kaum hörbar seinen rechten Nachbar. „Nee, so feine Herre mache immer e Boge um mich!" In der Tat könnte ein einfacher Mensch, der mit Mühe über die Runden kommt, diese Vermutung haben. Die Armbanduhr kann sich in diesem Raum keiner leisten. Auch der Anzug und die Schuhe sind nicht aus einem der Billigläden, die es in jeder kleineren oder größeren Stadt gibt.

„Eine Cola bitte" läßt manch einen denken, dass der Besucher aus dem „Reich" kommt, für einen Saarländer der weit entfernte Rest der Republik. Wer sich mit der Geschichte des Saargebietes auskennt, weiß, dass nach dem zweiten Weltkrieg das Saarland eigenständig war, wirtschaftlich unter französischer Verwaltung. Die Grenzen zu Rheinland-Pfalz waren Staatsgrenzen und wenn meine Mutter günstig die für die damalige Zeit für die Jungen hervorragend geeigneten Lederhosen benötigte, wurden sie aus Pirmasens oder Zweibrücken heimgeschmuggelt.

Der Schmutz an den Schuhsohlen passte nicht zu

der vornehmen Erscheinung. Dieser Mann war zu Fuß auf einem der zahleichen Feld- oder Waldwege der Umgebung hier hergekommen. Die Rast war kurz, zwei Euro legt der Besucher auf den Tisch und verläßt wortlos das Lokal. Wir sind ja nicht

neugierig, aber wir wollen alles wissen. Kaum dass die Tür ins Schloß gefallen ist, steht ein Gast am Fenster, um zu sehen mit welchem Auto der Fremde gekommen ist. „Der ess zu Fuß komm, do steht aach kä frehmes Auto!" Sich vom Fenster abwendend, ruft er in den Raum: „Jetzt komme aber hohe Herre!". Und schon erscheinen mit der für Kriminalbeamte eigenen Aura die Herren aus Saarbrücken. Sie stellen sich kurz vor, berichten von dem Geschehnis und wollen die/den Chef sprechen. „Was kann isch denn für Sie dun", fragt Christa, um unmißverständlich zu klären, wer der Chef ist. „Frau Meisberger, haben Sie ei nen separaten Raum, den wir für die nächsten Tage speziell für unsere Ermittlungsarbeit nutzen können?" Das Nebenzimmer ist in er Tat nicht größer als ein Büro bei der Saarbrücker Kriminalpolizei. „Vielleicht können Sie uns in der Nähe eine Übernachtungsmöglichkeit nennen!" Das Nebenzimmer ist genehm und dass das Hotel fünf Kilometer entfernt ist und dass der Inhaber ebenfalls Meisberger heißt, ist auch in

Ordnung. Echte Saarländer erkennen sich sehr gut an ihren Familiennamen. Wenn bei meinem Anruf bei der Commerzbank in Elmshorn die Dame sich mit Recktenwald meldet, ist meine Frage prompt: „Von wo aus dem Saarland kommen Sie". Wenn auf der Insel Föhr ein „Hinsberger" Bücher und Kalender verkauft, ist diese Frage ebenso unvermeidlich. Meisberger gibt es ca. fünfhundert Personen in Deutschland, davon fünfundachtzig Prozent im Saarland und Südwestdeutschland.

„Nein, zu Essen gibt es nichts, höchstens eine Bifi. Aber im Hotel ist eine gute Küche vorhanden." Der Hauptkommissar blickt in die Runde, es mögen mit uns sieben Leute sein, erklärt kurz den Sachverhalt wie er sich bis jetzt darstellt und fragt, ob jemand eine Aussage machen kann. Da möglicherweise der ein oder andere noch Hinweise geben kann, wenn nähere Punkte geklärt sind, wird der Ortspolizist gebeten, die Namen und Anschriften zu notieren. „ Herr Kommissar, vorhin war hier e Fremder, dene han mir noch nie gesiehn! Im Anzug und zu Fuß!" Ob er ihn wieder erkennen würde, wird der Stammgast an der Ecke vom Buffet gefragt, der sich plötzlich im Mittelpunkt sieht. „Mir han ne all gut gesiehn!" Gut, dann werden wir morgen ein Bild anfertigen lassen oder kennt jemand diesen

Mann? Wir sehen uns dann morgen!"

Für heute scheint der Informationsdurst der Saarbrücker Kripo gestillt und es werden natürlich noch das Hotel auf zu suchen und an die Dienststelle die bisher ermittelten Informationen weiter zu leiten sein. Nachdem Hauptmeister Becker die Personalien der anwesenden Gäste aufgenommen hat, geht das normale Wirtschaftsleben weiter. „Ihr wisse doch, dass ich früher immer Renault gefahr`in? Da hab ich doch einmal so ein Sportcoupe gehat, e R 17 in dunkelblau oder Gordiniblau. Fritz, du kannst dich doch besinne? Siehste! Und jetzt baut Renault wieder ein Coupé, Renault Laguna Coupé. Und so einer in nachtblau hat do unne am Bruch gestann. Dann sind mir zwei in den rechte Teil vom Bruch, wenn du von der Schmiede runter kommst und hann dene tote Mann gefunden. Und wie mir dann zurückkamen war das Auto weg. Hann dir dene vielleicht hier fahre gesiehn?"

„So e ganz moderne Schleuder, e Coupé säscht du? So e Zweitüriger? Jo, der es von der Hääd komm un bei de erschte Heiser es er e nonner gefahr!" Der bärtige Mann am Tresen ist sich sehr sicher bei dieser Aussage. „Wann war das dann?" „Kurz nachem Mittagessen!" „Meine ihr dene mit ostdeutschem Kennzeichen? Der ist am Hof an mir vorbeigefahr. Do han zwei Männer drin gesess!" Er kommt immer zu Fuß aus dem Ortsteil Alsweiler. De „Rot", der kurz vorher seinen Platz am Buffet eingenommen hat, äußert sich dann auf seine im eigene ironische Art, die manchmal sehr verletzend sein konnte. "Vielleicht wollte die zwei im Bruch Steine kloppe? Hast du denn das Auto nicht wegfahren gehört?"

„Nein, weil so eine Hercules von den Amerikanern den Himmel voll Lärm gemacht hat" „Wenn das die Zeit war, wo der mit dem Auto abgehauen ist, dann han ich ne gesiehn wie ich von Marbinge hochkomm bin. No Exweller es der nonner on is jetzt über alle Berge" . Damit war das Thema erst einmal abgehakt.

Der Abend war schon sehr fortgeschritten und der Heimweg stand für die meisten an. Nur mein Freund versuchte noch ein letztes Bier zu bekommen. Doch heute hatte er kein Glück. Auch wenn sonst meine Schwägerin das eine oder andere Mal eine längere Arbeitszeit für ein paar Cents in Kauf nahm, heute war Feierabend. Sie wusste, aus dem einen Bier konn-ten leicht zwei, drei oder vier werden. Und wenn dann noch ein weiterer Durstiger dazukam, konnte es auch schon mal zwei oder drei Uhr morgens werden. Seit der Freigabe der Sperrstunde kam das hin und wieder vor.

Der nächste Tag war schon der 1.Mai und ich konnte mir vorstellen, dass die Wirtschaft voll von Menschen war. Vormittags meistens die bekannten Gesichter, aber auch Leute, die zwar hier wohnten, aber höchstens an hohen Feiertagen mal in der Menge auftauchten und sich mit „Ach, gibt's de Paul aach noch!?" begrüßen lassen mussten. Da mir meistens nur die ständigen Gäste einigermaßen bekannt waren, versuchte meine Mutter mir einige näher zu bringen, die ich zwar kennen müsste, aber nach über dreißig Jahren verblasst leider die Erinnerung. Da nutzt dann auch die Kenntnis meiner Mutter nicht viel, ich sehe auch die Gesichter von damals nur noch schemenhaft.

Auch Edmund, inzwischen Schuldirektor a. D., wird bei solchen Anlässen mit "Hallo" begrüßt. Als im Grunde fröhlicher Mensch, der ab und zu bei Jubiläen mit dem Spaniol Franz und einem dritten, den ich nicht mit Namen kenne, die Musik zur Untermalung zelebriert, wie beim 50-ährigen Jubiläum der Wirtschaft vor sechs Jahren, wird von allen kameradschaftlich und doch respektvoll behandelt. „Warscht du das do unne im Bruch, hascht du de Liebhaber von deiner Frau umbraacht?" Der Franz kann das so sagen, auch wenn das Gesprächsthema im Grunde sehr ernst ist. „Wenn du das dem Kommissar sagst, dann ist unsere Freundschaft beendet, un ich mach die Musik allein."

Gegen 10 Uhr geht die Tür auf, die Saarbrücker Kriminalbeamten kommen mit wachen Sinnen, zielstrebig gehen sie auf ihr neues Verhörzimmer zu, begrüßen die Anwesenden und bestellen bei Christa, meiner Schwägerin, eine große Kanne Kaffee.

„Wer von Ihnen hat den Fremden gestern hier gesehen und kann ihn beschreiben?" Die Frage, klar und deutlich mit einer gezielt höheren Lautstärke gesprochen, holt den Stammgast aus seinen morgendlichen Träumen. „Ei, eich wor do. De Helmut un sei Frau, et Wina sieht jo nimmie so gutt!" „Gut, dann kommen Sie mit in unser neues Büro und stellen mit dem Kollegen das Bild zusammen!"

„Hat sich gestern noch jemand zu dem Auto geäußert?" „Jo, der Albert aus Alsweiler hat dene Renault auf dem Weg von der Alsweiler Hääd gesehen un gemeint, dass do zwei Mann drin gesess han." „Ach em sei Kolleesch hat das Auto am Landgrawe gesiehn!" Mein Bruder kann sich viele Dinge gut merken und wenn man ihn nicht bremst, kann er stundenlang erzählen, wobei er

meistens von der einen in die andere Geschichte wechselt. „Hallo Christel, han dir auch ach mol hergeschafft!?" „Sah mol, die Apothekerin hat die net e Freund in Magdeburg?" „Nee, das es ihr Stellvertreter, wenn sie mal länger hier auf der Stroß is oder im Urlaub." Der Marpinger Ortsteil „Rheinstraße" ist in den letzten Jahren zu einem begehrten Wohnplatz geworden. Da aber die meisten Grundstücke innerhalb der Familien vergeben oder vererbt werden, konnten Auswärtige mit größerem Geldbeutel nur zum Zuge kommen, wenn aus einer Familie kein Interesse an Bauplätzen bekundet wird. Und anfangs waren fast alle Einwohner miteinander verwandt. Die „Donese" und die „Schorre" dann noch "Jene" und "Saar" und wenn von ausserhalb einer zuzog, war es für ihn sehr schwer, in den inneren Kreis zu gelangen. „Hat die Frau von der Apothek Besuch gehaat? Ich meine, ich hät en Auto aus der Zone gesiehn."
Der Gast, der ein Haus unter meinem Schulfreund wohnt, stellt die Frage eher feststellend. Ein Auto mit einer fremden Nummer fällt hier natürlich sofort auf, obwohl viele die alte Römerstraße als Abkürzung nach Urexweiler oder auch Marpingen benutzen.
Inspektor Recktenwald betrachtet das zusammengebastelte Phantombild nachdenklich und

sagt zu Hauptkommissar Schliemann „Wenn ich nicht selbst gesehen hätte, dass der Mann im Bruch tot ist, wäre ich der Überzeugung, ihn hier auf dem Foto zu sehen. Als wenn es der Zwillingsbruder wäre."

„Haben wir denn schon den Fahrzeughalter ermitteln können?" „Nein, gestern waren die Behörden schon geschlossen und vor Montag werden wir da nicht weiter kommen. Ich vermute sogar, dass es sich um ein Leasingfahrzeug handelt.

Die Verkehrspolizei konnte den Wagen bisher auch noch nicht finden. "Wir sollten uns doch mal mit der Apothekerin unterhalten, vielleicht gibt es ja doch einen Zusammenhalt." Der kurze Weg ist zu Fuß in ein paar Minuten erledigt. Bis man jedoch in das Haus kommt, müssen erst die großen, weißen Hunde der Apothekerin in ihr Gehäuse gebracht werden. „Guten Tag, Frau Nelles, mein Name ist Schliemann und das ist mein Kollege Recktenwald, wir sind von der Kriminalpolizei aus Saarbrücken und hätten ein paar Fragen im Zusammenhang mit dem Toten aus dem Steinbruch." „Eine schreckliche Geschichte, aber ich glaube nicht dass ich Ihnen weiter helfen kann!" Von außen beeindruckt das Haus im erwähnten Stil der Provence. Sonja Nelles gehört zu den Neubürgern, die vordergründig nicht mit

den anderen Einwohnern des Ortsteiles verwandt sind. Nach Öffnung der Grenzen 1989 und
neuen Chancen im Osten, verlegte sie ihren Ar-
beitsplatz bzw. die Apotheke in die neuen Bundesländer und fährt dann an den Wochenenden
wieder nach Marpingen. „Frau Nelles, wir haben hier ein Bild von einem fremden Mann, der
gestern im Gasthaus Meisberger kurz eingekehrt
war und nach übereinstimmender Meinung unter den Kollegen ein Bruder des Getöteten sein
muss. Die Ähnlichkeit ist enorm. Ist Ihnen dieser
Mann schon einmal begegnet?" „Wieso kommen
Sie mit dieser Frage zu mir?" „Nun, es ist anzunehmen, dass die Herren aus Sachsen-Anhalt
hierher kamen und Sie sind bisher die einzige
Person, die Ambitionen in dieser Region haben.
Deswegen dürfte die Wahrscheinlichkeit sehr
hoch sein, dass Sie die einzige Person sind, die in
Verbindung mit diesen Besuchern stehen
könnte".
„Ich kann nicht ausschließen, dass dieser Mann
mir schon einmal über den Weg gelaufen ist,
aber ich wüsste nicht in welchem Zusammen
hang. Aber falls mir noch etwas einfällt, werde
ich Ihnen berichten." Während die Kommissare
bereits auf dem Weg nach draußen sind, meldet
sich Sonja Nelles noch einmal zu Wort: "Ich bin
übrigens nicht die einzige, die Verbindung in die

neuen Bundesländer hat. Auch Herbert Vierus ist öfter in Magdeburg, wie er mir erzählte. Sagten Sie nicht, dass ein dunkelblaues Coupé´ mit Magdeburger Kennzeichen gesucht wird. Solch ein Auto stand schon öfter bei ihm auf der Auffahrt." In der Tat kann wenig später Herbert Vierus bestätigen, dass ein Geschäftsfreund aus Magdeburg ihn öfter besucht, wenn auch mit unterschiedlichen Fahrzeugen, da er eine Autoverleihfirma besitzt. Er selbst musste vor einiger Zeit diesen Dienst in Anspruch nehmen, als er dringend dorthin musste." Ein in der Nähe ausgeliehenes Fahrzeug, ein Renault Laguna Coupé, in dunkelblau war es schon, jedoch mit einem anderen Kennzeichen und es stand bei mir nur kurze Zeit auf der Auffahrt", führte Vierus kurz und wahrheitsgemäß aus. „Wenn Sie keine weiteren Fragen haben, kann ich mich wieder dem Geldverdienen widmen!" „ Bis dann!" Und schon ließen Sie den Befragten zurück und schlugen den Weg über die Rheinstraße zum Gasthaus Meisberger ein. Da heute ein richtiger Sonnentag war, waren alle Stühle in der Gartenwirtschaft besetzt und schlagartig wurde das Stimmengewirr etwas leiser, als die Kommissare den Platz betraten. Der Gastwirt konnte seine Neugier nicht verbergen: "Han se was Neues raus grit?", kam die Frage auf sie zu. Bevor sie die

Herkunft der Stimme herausfanden, kam sofort noch eine Mitteilung hinterher. „Der Frehme es vorhin Richtung Alsweiler Heide in einem Taxi gefahren. Das Kennzeichen han ich mir dies Mol aufgeschrieben: OTW-HA 343, un es war glab ich e Mercedes." Einen Dank erhoffend. sah er die Kommissare offen an und der kam denn auch prompt. „Wenn es mehr Leute wie Sie gäbe, wären wir meistens schneller fertig" Sprach und nahm flugs das Mobiltelefon und man konnte deutlich hören, dass er die nun dringend notwendige Fahndung nach diesem Wagen einleitete.

2. Kapitel

Der Fremde war tatsächlich verwandt mit dem Opfer, jedoch kein Bruder, sondern ein Vetter väterlicherseits. Nachdem er mit ihm den Abstecher in den Steinbruch gemacht hatte, war er ein paar Schritte Richtung Marpingen in den Teil des Bruches gegangenen, wo noch heute Basaltsteine für den Straßenbau und Mosaik für Fußwege und dergleichen in schwerer körperlicher Arbeit hergestellt werden.

Den dröhnenden Lärm der Hercules vernahm er und da doch fast eine Viertelstunde vergangen war, beschloss er zurück zum Auto zu gehen. Sie waren am 29. April losgefahren, um sich am 30.April gegen zehn Uhr mit Jacques Lavalle aus Straßburg, der ihnen ein lukratives Geschäft angeboten hatte, in Tholey im „Hotel zur Schauenburg" zu treffen. Für eine Nacht hatten sie Zimmer in St.Wendel im Golfhotel gebucht, damit sie ausgeruht die Verhandlungen führen konnten. Mir persönlich ist dieses Haus am Schaumberg dadurch bekannt, dass der Hotelier während unserer Silberhochzeitreise uns mit fast fünfzig Personen in seinem Haus erwartete, ich aber keine Buchung im Hotel vorgenommen hatte, sondern oben am Aussichtsturm in der Holzhütte mit meinen Gästen Kaffee und Kuchen verzehren wollte.

Obwohl sie bereits um halb zehn Uhr im Hotel eintrafen, wartete Monsieur Jacques Lavalle bereits auf sie und so konnte das Gespräch sogleich in einer ruhigen Ecke des Lokals stattfinden. Nachdem das Geschäftsfeld dargestellt war, Reimport von gängigen Arzneimitteln aus Frankreich über Kanäle, die am normalen Großhandel vorbei hohe Gewinne versprachen, war er sich mit seinem Vetter gleich einig, dass illegale Geschäfte für sie nicht in Frage kommen würden. Bei einer Zigarette vor dem Hotel sagte ihm sein Vetter, dass ihm Lavalle irgendwie bekannt vorkam und er kein Vertrauen in dieses Geschäft habe.

Er konnte allerdings nicht in Erinnerung bringen, in welchem Zusammenhang er dem Franzosen begegnet war.

Auch Monsieur Lavalle kam der zweite der Gesprächspartner bekannt vor und es war ihm, dass der Partner dieses Geschäft nicht wollte. Das Gute an der Sache war, dass er noch ein zweites Eisen im Feuer hatte und dieser Interessent ihm sogar sehr gut bekannt war, ja er hatte bereits gute Geschäfte in diese Richtung mit ihm getätigt. So hatte er vorausschauend bereits ei nen Termin um elf Uhr vereinbart, den er im Anschluss an dieses Gespräch im nahegelegenen Neunkirchen/Nahe, im Landhaus Mörsdorf, wahrnehmen würde, kaum eine Viertelstunde von hier entfernt.

Nach der Zigarette kamen die beiden Vettern noch mal kurz an den Tisch, um sich mit den Worten zu verabschieden: „Aus dem Geschäft wird nichts werden, Herr Lavalle. Es passt nicht in unser Portfolio. Trotzdem vielen Dank für das Angebot." Die Herren aus Magdeburg, sie hatten sich mit Riemer vorgestellt, wollten einen Ort besuchen, wo nach den Worten Ihres Großvaters eine Verwandte vor inzwischen drei Jahrzehnten im Haushalt gearbeitet hatte und am Ende auf der Heimreise in ihre Heimat Thüringen verschwunden war und erst zwanzig Jahre später in Form eines Gerippes im Vareswald gefunden wurde. Als Todesursache war Herzschwäche angenommen worden. Auf dem Weg zum Marpinger Ortsteil Rheinstraße, bog Horst Riemer am Ortschild rechts ab und fuhr den „Landgraben" bis zum Beginn des alten Steinbruches, um eine kleine Pause einzulegen. Richard Riemer wollte ein paar Schritte in den unteren Teil des Bruches gehen und sagte seinem Vetter: „In einer Viertelstunde bin ich wieder hier und dann können wir weiterfahren." Nachdem er seinen Weg in den unteren Teil des Bruches aufgenommen hatte, war sein Vetter links zwischen jungen Birken in ein kleines Seitental gegangen, wohl um sich zu erleichtern.

Mit der Ruhe schien es in diesem Teil des Saarlandes nicht weit her zu sein, denn das Dröhnen von Motoren eines amerikanischen Transportflugzeuges war sehr deutlich zu hören und es war zu vermuten, dass die Maschine von seinem Standort aus in südlicher Richtung nach, wie er aus Gesprächen mit Vierus wusste, Baumholder unterwegs war.

Eine Blindschleiche kreuzte seinen Weg und ein Motorradfahrer mit einer geländegängigen Enduro Maschine fuhr mit Karacho an ihm Richtung Marpingen vorbei. Nur durch einen Sprung zur Seite konnte er ein für ihn schmerzlichen Unfall vermeiden. Noch im Fallen bemerkte er das „F" im blauen Europastempel. Der hat sich wohl verirrt, sagte er zu sich selbst.

Da die von ihm vorgegebene Zeit sich dem Ende zuneigte, wendete er und ging zu dem Parkplatz am Beginn des Steinbruches, um seinen Vetter zu treffen. So sah er von weitem, dass erstens das Sport Coupé nicht mehr am Platz stand und ein auf Spaziergang befindliches Paar sich dort aufhielt und scheinbar ein wichtiges Telefongespräch zu führen hatte. Wenn sein Vetter die Zeit genutzt hatte, um eine Besorgung zu machen, würde er wohl gleich zurückkommen und so könnte er ihm oben bei den ersten Häusern in die Arme laufen. Das Pärchen war mit sich selbst beschäftigt, die Frau schien ihrem Partner die Leviten zu lesen und somit nahmen sie von ihm scheinbar keine Notiz. Wie er aus einem Gespräch mit dem auf der Rheinstraße wohnenden Herrn Vierus wusste, befand sich in diesem kleinen Ortsteil ein Gasthaus, wo er glaubte seinen Vetter zu treffen. So machte er sich auf den Weg und stellte zu seinem Leidwesen fest, dass das Auto nicht da war. Aber es konnte ja sein, dass er dort im Gasthaus auf ihn wartete. So betrat er den Gastraum, in dem die Geräuschkulisse fast einer hitzigen Debatte im Landtag glich. Er war fast der Meinung, irgendein unsichtbarer Schalter hätte den Ton abgestellt, als er die Wirtschaft betrat. Um nicht durch neugierige Fragen gelöchert zu werden, bestellte er schnell eine Cola, bezahlte gleich zwei Euro. Die anderen Gäste nahmen ihre Gespräche wieder auf und er war für sie eigentlich nicht mehr vorhanden. Während er die Cola trank, ließ er kurz in Gedanken die vergangenen Tage, Monate und Jahre Revue passieren. Als Geschäftsfreunde waren sie in Magdeburg mit einem Großhandel für medizinisches Gerät erfolgreich tätig und hatten vor zehn Tagen ein lukratives Angebot aus Saarbrücken erhalten, das den Einstieg in ein noch lukrativeres Arzneimittelgeschäft versprach. Eine Firma aus Paris mit einer Dependance in Straßburg war an einer Zusammenarbeit für ganz Deutschland interessiert.

Wie sich in dem Gespräch in Tholey gezeigt hatte, war seinem Vetter etwas an dieser Sache nicht geheuer. Warum er ihn im Steinbruch zurückgelassen hatte, konnte er sich nicht erklären und so ging er aus der Wirtschaft, sah nochmal durch die Reihen der Gäste, die in der Gartenwirtschaft saßen, konnte seinen Vetter aber nicht entdecken. Er beschloss, Herbert Vierus aufzusuchen, vielleicht war Horst ja bei ihm vorstellig geworden, um über alte Zeiten zu plaudern. Kurz nachdem Herr Riemer das Gasthaus verlassen hatte, erschien der ganze Trupp der Saarbrücker Kriminalpolizei und Hauptkommissar Schliemann orderte gleich eine Kanne Kaffee bei der Wirtin und schritt eiligst in sein „neues Büro". Nach dem die vier Herren Platz genommen hatten und der Kaffee dampfend in den Tassen war, erwartete der Kommissar von seinen Mitarbeitern Bericht über das, was von den befragten Bürgern zu erfahren war. Einen Schuss hatte niemand gehört, obwohl durch die Jäger ein solches Geräusch bekannt ist. Jedoch um die vermutete Tatzeit flog gerade mit Getöse die Hercules der Amerikaner über den Bann.

Mit ebensolchem Getöse sei ein vermutlich junger Mann auf einem geländegängigen Motorrad den „Landgrawe" hinunter gefahren. "Wo finden wir denn diesen „Landgrawe", Herr Recktenwald? Sie kennen sich doch hier aus?" „Das ist ein Feldweg, der durch den Steinbruch nach Marpingen führt und dort im Gewerbegebiet zwischen Marpingen und Alsweiler aus dem Wald kommt. Oben am Steinbruch ist auch unser Tatort wo der Mann gefunden wurde." „Und wann hat der Zeuge das Fahrzeug beobachtet, Herr Backes?" „In etwa zur Tatzeit." „Den Renault hat aber niemand beobachtet, ich nehme an, dass der Herr Meisberger nicht hinter Phantomen her rennt, zumal seine Frau dabei war?"

„Es saßen einige Einwohner auf der sogenannten „Lügenbank", die zwar ein paar Autos vorbeifahren sahen, aber so ein extravagantes Fahrzeug sei ihnen um die Zeit nicht aufgefallen!".

Der vierte Mann in der Runde, Obermeister Markowski, hatte den Auftrag, die Einwohner zu befragen. Der beste Platz, die Rheinstraße im Blick zu haben und Beobachtungen zu machen, ist eben auf dieser „Liebank", gegenüber vom Spielplatz. Er wurde meistens von den Bewohnern, hauptsächlich den „Donese" und Verwandten angesteuert. Die „Donese", mit Familiennamen "Recktenwald", wie der Inspektor, haben hier das Sagen, ohne sie läuft nicht viel. Wenn man die Recktenwald Sippschaft von den Einwohnern abzieht, bleibt nur ein kleiner Teil übrig und die gehören überwiegend zum „Schorre" Clan, dem auch meine Familie angehört. Wenn ich heute über die Rheinstraße gehe, dann sehe ich auf der linken Seite einen Neubau und wie mir mein Bruder erzählte, das Haus des Sohnes von einem Ureinwohner. Dann kommt ein Bungalow neben einem Neubau, wo vorher die Schullehrerin aus dem Hause gewohnt hatte, dann dem Wilhelm sein Haus. Der Wilhelm spielte zu der Weihnachtszeit, als wir noch klein waren, den Knecht Ruprecht. Zu dieser Zeit gab es an unseren Fenstern noch Fensterläden. Wir waren in der Stube und hörten den Erzählungen der Eltern zu, Fernsehen gab es erst Ende der fünfziger Jahre. Da fuhr uns der Schreck in die Glieder, wenn der „Welm" mit der Eisenkette gegen die

Fensterläden schlug und seine raue Stimme verkündete, er sei Knecht Ruprecht und würde die unartigen Kinder bestrafen. Auf der rechten Seite beginnt der Ort eigentlich mit der kleinen Hütte, die Herr Meier damals gebaut hatte. Er war unser Hausfriseur und machte mit seiner Handhaarschneidemaschine bei uns den Einheitshaarschnitt salonfähig.

Und wenn ich mir heute unser Kommunionsbild anschaue, so unterscheiden sich die drei von der Rheinstraße kopfmäßig eigentlich nur durch die Haarfarbe. An exponierter Stelle, wie in jedem Ort im katholischen Saarland, steht unsere kleine Kapelle, mit ebenso kleinem Friedhof direkt am Wald. Jeder Einwohner oder Wanderer kann, wenn er der Besinnung bzw. des Gesprächs mit unserem Herrgott bedarf, die Kapelle betreten und in Ruhe seine Bitte an Gott vorträgt.

Die Kapelle war meines Wissens das erste neue Gebäude auf der Rheinstraße, danach wurde unser Haus gebaut, das war in den Jahren um 1955. Wo eine Kirche steht, ist sie noch so klein, muss eine Kirmes sein. Da die Kapelle dem heiligen Johannes geweiht ist, wird die „Kerb" an Johanni im Juni gefeiert. Meine Oma hatte zu dieser Zeit eine Flaschenbierhandlung und nach dem unser neues Haus fertig war wurde die Gastwirtschaft „Zum Krug im Grünen Kranze" eröffnet. Ich kann mich noch sehr gut an die Tanzfeste unter freiem Himmel auf der blank gebohnerten Tanzbühne wo sich Jung und Alt sich an solchen Festtagen vergnügten erinnern. Mein Vater war einer der letzten Steinabrichter von der Rheinstraße. Die Steinbrüche unter der „Hirst" wurden von den Bettinger HartSteinwerken betriebenen. Dort waren nur noch wenige Arbeiter beschäftigt. Kalt und feucht waren die Arbeitsplätze. Wo wir jetzt diesen armen Mann tot aufgefunden haben, wollte keiner mehr arbeiten. Die meisten Kollegen gingen dort-hin wo gutes Geld zu verdienen war: Kohlenbergwerk oder Eisenhütte.

Die Gartenwirtschaft lief sehr gut an und wie das in einer kleinen Ortschaft verschiedene Sippen gibt, gibt es auch schnell Missgunst und Neid und es wird versucht, einen Teil des Geschäftes selber zu machen. Und ich denke, dass der Kommissar gut daran tut, diese, auch heute bei den alten Bürgern vorhandene Mentalität, Gerüchte oder Halbwahrheiten als selbst erlebte Wahrheit hinzustellen, auszunutzen. Denn in jedem Gerücht oder jeder Halbwahrheit ist ein Körnchen Wahrheit.

Und irgendjemand versucht sich zu profilieren und den Herrn Kriminalbeamten zu Diensten zu sein. „Herr Kommissär, ich kennt auch was verzeehle." Der ständige Stammgast war heute, wahrscheinlich aus Neugier, früher in der Wirtschaft gekommen und zum Frühstück zwei halbe Urpils zu nehmen, war für ihn nicht ungewöhnlich. „Gut, dann kommen Sie in mein neues Verhörzimmer!", schmunzelte der Kommissar. „Awer Sie dun mich net verhafte, gelle?" Er schien, obwohl er sonst die Bier Ruhe weg hatte, leicht nervös zu sein. „Wenn Sie nichts verbrochen haben, werden Sie auch nicht verhaftet. Hier im Nebenzimmer kann man in Ruhe mit einander sprechen." Derart beruhigt, ging der Gast schnell ins Nebenzimmer und wie üblich ist die Tür sogleich verschlossen und die am Tresen Sitzenden können leider nichts mehr verstehen und so wird laut untereinander diskutiert, ob nur von dem fremden Mann gesprochen wird oder ob er noch mehr gesehen hat. „Wann war denn dieser „Fremde" gestern genau hier?" Kommissar Schliemann kam es seltsam vor, dass sie keinen Mann gesehen hatten, der dem Toten ähnlich sah.

„Aich glaab, das war so geeje drei halb vier. Der war offgemacht wie wenn mer off e Hochzeit gehe wollt. Kurz nachdem er fort war, senn ihr hier erschien." „Dann muss er hier auf der Rheinstraße jemanden aufgesucht haben den er kennt!" Inspektor Recktenwald war weitläufig mit den „Donese" verwandt und ihm war zu Ohren gekommen, dass der Herbert Vierus ab und zu Besuch aus den neuen Bundesländern hatte. „Ich geh am besten zu dem Vierus und erkundige mich ob er gestern Besuch hatte" „Gut dann fragen Sie ihn, ob dieser Besuch einen Renault Laguna Coupé nachtblau fährt. Das könnte uns schon etwas weiter bringen." „Herr Mahone, Sie haben in den vergangenen Wochen nicht zufällig einen solchen Wagen bei dem Herrn Vierus oder hier auf der Rheinstraße gesehen?"

„ Hei wohne jetzt so viele fremde Leit, ich kann Ihne noch net mol san wo der Herr Vierus wohne dutt. So e Auto wäs ich ach net, weil ich bin jo meischtens entweder hei en der Wertschaft oder unne bei de Peer. Un wenn ich mol e Auto siehn, dann senn die emmer schnell fort und gleiche sich". Nach seiner Aussage konnte er wieder an den Tresen, wo sein Urpils auf ihn wartete. So lange ich denken konnte, stand er an der zweiten Ecke am Tresen und führte mit den Nebenleuten seine Gespräche über „Wirtschaftspolitik" und sonstige allgemeine Fragen. „Och, senn die

Hamburjer wirrer do, ich hann auch gar net komme gesiehn!" So war meistens unsere Begrü-

ßung und ich glaube, er hat uns erst richtig wahrgenommen, als wir bei meiner Mutter an ihrem Lieblingstisch Platz nahmen. Die anderen Gäste waren mir genauso fremd wie ich Ihnen. Nur vereinzelt kamen mir die Gesichter bekannt

vor. Da ich bereits mit achtzehn Jahren in die weite Welt gezogen war, über Stuttgart, Wilhelmshaven nach Glückstadt zur Ausbildung bei der Bundesmarine, verloren sich die Gesichter und die dazugehörigen Namen immer mehr. Wenn mir dann einmal ein Gesicht bekannt vorkam, hatte mein Bruder ganz schnell den Namen bei der Hand und konnte genau erzählen, wo die betreffende Person hingehörte.

Über fünfzig Jahre betreibt meine Mutter die Wirtschaft und viele der Gäste, die bis auf ein paar Stammgäste aus dem Dorf, meistens aus den Orten Marpingen, Alsweiler, Winterbach oder Urexweiler kamen, waren mir anfangs noch geläufig. Der Esser Michel, ein harter Bursche, der noch mit über achtzig in seinem Steinbruch auf der Hirst bei Wind und Wetter die Steine zu „Mosaik" verarbeitete, kam sehr oft zur Brotzeit

in die Gartenwirtschaft, be-stellte sich seinen halben Liter Exportbier und aß seinen mitgebrach-
ten Speck mit kräftigem Brot. Der Kirsch Paul
war mein Lehrer, wenn es um Brettspiele ging.
Ich hatte keine Chance bei Mühle oder Dame.
Aber die Lehren gebe ich heute an meine Ekel-
kinder weiter, die haben auch keine Chance und
spielen dann lieber Backgammon mit mir. Da
haben sie dann meistens auch keine Chance.
Wenn ich jetzt an den toten Mann denke, fällt
mir natürlich unser Feldschütz ein, der mit seinem mobilen Sitzmöbel, das wie ein Regenschirm
zusammenge-klappt wurde und seinen vortreff-
lichen zusätzlichen Augen, dem Fernglas, den
Überblick über den Marpinger Bann hatte. Ihm
ging kein Umweltfrevler durch die Lappen und
ich glaube, auch das Auto, das wie vom Erdbo-
den verschwunden war, hätten eine oder zwei
Zeilen in seinem Notizbuch gefüllt und der Kriminalpolizei wichtige Hinweise gebracht. Was
mich und auch die Polizei beschäftigte, war das
nachtblaue Renault Laguna Coupé´, dass scheinbar spurlos verschwunden war. Meine Gedanken
schienen sich auf Inspektor Recktenwald zu
übertragen, denn er fragte den Hauptwachtmeister Müller, der ihnen heute zugeteilt war:
„Wir haben doch einen Reifenabdruck von diesem verschwundenen Wagen?" „Ja, aber gesehen

hat ihn scheinbar keiner hier im Ort." „Wenn das so ist, gibt es wie immer im Leben, zwei Möglichkeiten. Der Beifahrer ist mit dem Auto verbotenerweise durch den Steinbruch nach Marpingen gefahren und dann in Tholey auf die Autobahn und ab nach Magdeburg. Oder aber er ist ohne gesehen zu werden wieder auf die Rheinstraße und oben links zur Alsweiler Heide, wo er ebenfalls das Weite suchte."„ Herr Recktenwald, was hat denn der Besuch bei diesem Herrn Vierus gebracht?"„ Gut, dass Sie danach fragen, ich wollte gerade Bericht geben. Dieser Fremde, der hier eine Cola getrunken hat, war tatsächlich bei Herbert Vierus. Und wie sich herausgestellt hat, ist er der Vetter von Horst Riemer. So heißt der Tote. Richard Riemer ist, nachdem er seinen kleinen Spaziergang in den Steinbruch beendet und das Auto nicht mehr vorfand, hier zur Wirtschaft gekommen, weil er glaubte sein Vetter wär hier um etwas zum Trinken für den Rückweg zu holen. Da dies nicht der Fall war, besuchte er Herrn Vierus und stellte auch hier fest, dass er vergebens gekommen war. Auch der Tot seines Vetters war noch nicht bis zu dem Freund vorgedrungen, da dieser kein Wirtschaftsgänger ist und als Zugezogener auch keinen großen Kontakt zu den „Stroßer" herstellen wollte. Deshalb hat sich Richard Riemer ein Taxi bestellt, um

nach St.Wendel zu fahren, wo die beiden im Golfhotel, im ehemaligen Panzergelände gegenüber
der französischen Cürassierkaserne, Zimmer bestellt haben. Ich habe die Kollegen hingeschickt,
um Herrn Riemer zu informieren und für ein
Gespräch hierher zu bringen." Die Ka-serne
habe ich in guter Erinnerung. Ich bin mit Robert
aus dem Elsass, kaum dass ich die eine oder andere Zigarette rauchte, mit der Dau-phine in die
Kaserne gefahren. Mein Freund versah hier seinen Dienst und konnte die von allen heiß geliebten französischen Zigaretten "für lau" einkaufen.
Allerdings waren die Mengen beschränkt. Wer
jedoch ein guter Schmuggler ist, findet auch in
der Renault Dauphine erstaunlich viel Platz in
den Seitentüren. Mon Ami war mit seinen Ka-
meraden aus der Kaserne öfter durstig und mit
knurrendem Magen bei meiner Mutter in der
Gartenwirtschaft eingefallen und sie mussten
sich von dem harten Marsch durch die Wälder
erholen. Daraus entwickelte sich im Laufe der
Zeit eine Freundschaft, die bis heute hält. Wenn
also Bedarf an Zigaretten war, fuhren wir mit
Robert in seiner Dauphine in diese Kaserne und
bunkerten hinter den Verkleidungen der Türen
stangenweise französischen Zigaretten, die heute
noch von den ganz harten Rauchern bevorzugt
werden: Gauloise und Gitane waren im Vergleich

mit unseren saarländischen Marken Polo, Lasso und Pilot sehr mild und schmackhaft. Die Kaserne ist heute im Wandel der Zeit zu einem Industriegebiet geworden und da, wo früher die Panzer tiefe Furchen hinterließen, ist heute Freizeit angesagt. Der Bürgermeister von St. Wendel ist sehr bemüht, die Stadt mit allerlei Aktivitäten auch deutschlandweit bekannt zu machen. Das Golfhotel liegt etwas weiter weg von der Hauptstraße, damit die Gäste in Ruhe übernachten können. Das alte Hotel „Stadt St. Wendel" war sicher kein gutes Ruhekissen, lag es eben dicht an dieser Haupteinfallstraße, die zusätzlich noch den Verkehr von der nahen B 41 aufnehmen muss. Es dauerte eine Weile bis der Beamte aus St. Wendel mit Richard Riemer im neuen Verhörzimmer auftauchte. Kommissar Schliemann drückte sein Mitleid zum Tod seines Vetters aus und versuchte sogleich zu erfahren, was da vorgefallen sein könnte. „Herr Riemer, bitte erzählen Sie uns, warum Sie hier im Saarland sind, warum Sie diesen schönen Ort wieder so schnell verlassen haben und was glauben Sie, ist Ihrem Vetter zu gestoßen!" Richard Riemer berichtete, dass sie ein scheinbar lukratives Geschäft im medizintechnischen Bereich angeboten bekommen hätten und sich deshalb mit einem gewissen Herrn oder Monsi-eur Lavalle aus Straß-

burg im Hotel „Zur Schauenburg" getroffen hatten und dass sein Vetter ihm jedoch nach dieser
kurzen Unterredung gleich sein Misstrauen an
dem Geschäft mitgeteilt hatte. Der Mann war
in seinem Gedächtnis verankert, er konnte nur
den Zusammenhang nicht herstellen. Es musste
schon sehr lange her sein und konnte auch nur
eine nicht vorteilhafte Begegnung gewesen sein.
Da das Treffen relativ schnell beendet war, seien
sie von Tholey zur Rheinstraße unterwegs gewesen, um ihren Freund, dem Kommissar bekannten Herbert Vierus zu besuchen. „Das machte
mein Vetter immer, wenn er im Saarland war,
weil Herbert Vierus schon damals in Sachsen-
Anhalt bei der Familie des Vetters ein und aus-
ging und diese Freundschaft auch bis dato Bestand hatte. Ein menschliches Bedürfnis und der
Wunsch seinerseits, sich kurz die Füße zu vertreten, habe sie bewogen, diesen schmalen Landweg
oder wie er von Vierus erfahren hatte, „Landgrave" hinun-ter zu fahren und eine kleine
Pause einzulegen. Sein Vetter parkte dann den
Wagen auf einer ebenen Fläche, von wo ein kleiner Pfad links zwischen jungen Birken, die schon
einiges Grün zeigten, in einen kleineren Teil des
Steinbruchs zu führen schien. „Mein Vetter
Horst schlug diese Richtung ein und ich sagte
ihm, dass ich zum unteren Steinbruch gehen

wollte und in ca. fünf bis zehn Minuten zurück sei. Ein Höllenlärm einer vorüber fliegenden Hercules Transportmaschine erinnerte mich an den Rückweg und bei-nahe hätte mich so eine Geländemaschine über den Haufen gefahren. Als ich dann zu dem Platz kam wo der Wagen stehen sollte, sah ich nur einen Mann, der scheinbar ein wichtiges Telefongespräch führte und seine Begleiterin sprach ganz aufgeregt auf ihn ein. In der Meinung, dass mein Vetter zu dem Gasthaus auf der Rheinstraße bzw. schon zu Herrn Vierus gefahren sein könnte, ging ich bergan und war auch der Meinung, dass die beiden mich gar nicht wahrgenommen hatten." Dass er dann hier in der Wirtschaft eine Cola getrunken hatte, war den Kriminalbeamten bekannt und sie verzichteten auf die Einzelheiten. „Nun Herr Riemer, dieses Paar hat Ihren Vetter in diesem Birkentälchen gefunden und das Telefonat war mit unserer Dienststelle in Saarbrücken. Ihr Vetter, wurde, wie Sie schon von unserem Beamten gehört haben werden, erschossen. Nun fragen wir uns, warum und wieso. War es ein Raubmord oder eine Beziehungstat? Gegen ersteres spricht, dass weder die Scheckkarten noch das reichlich vorhandene Geld und auch die sehr wertvolle Uhr nicht mitgenommen wurden. Eine Uhr, die unsere Sachverständigen auf über zwanzigtausend Euro geschätzt haben, ein deutsches Luxusfabrikat wie Sie wissen. Wenn es ein versuchter Raubmord war, dann wurde der oder die Täter von dem Ehepaar Meisberger gestört, die sich an dieses schöne kleine Tal erinnert haben, weil sie da vor Jahrzehnten mit den Kindern schon hineingeblickt hatten. Wir hier in der Runde sind uns einig, dass es ein geplantes Verbrechen ist, ob Ihr Vetter gemeint war oder eine andere Person, müssen wir noch herausfinden. Und dazu brauchen wir Ihre Hilfe!" Hubert Recktenwald hatte zwischendurch noch eine Kanne Kaffee bestellt und bot auch Herrn Riemer eine Tasse an. „Wir wollen rekonstruieren, wie Sie aus Magdeburg hierhergekommen sind. Das Auto, ein Renault Laguna Coupé, gehört Ihrem Vetter?" „Nein, es ist ein Leasingfahrzeug, das wir für weiter entfernte Ziele nutzen und da mein Vetter vor vielen Jahren seine Großtante, die beim Theodor den Haushalt führte, besuchte, lernte er sehr früh sportliche, französische Autos kennen und lieben. Seine Familie war noch vor dem Mauerbau nach Neustadt in Bayern geflohen und meine Familie hat damals leider den Zug verpasst. Nun, er hatte sich damals in den siebziger Jahren als erfolgreicher junger Mann ein Renault 17 in gordiniblau gekauft und lange Jahre gefahren. Dann kam die Grenzöffnung und Horst hatte gleich eine sehr gute Geschäftsidee: moderne medizinische Geräte fehlten in den neuen Bundesländern und im Westen gab es sie fast auf Halde, weil jedes Krankenhaus das neueste, modernste auf dem Gebiet haben wollte. Ähnlich wie bei Computern ist das Neue schneller alt als man denkt. Durch Zufall las ich eine Personalsuchanzeige seiner Firma in Magdeburg und da das Angebot stimmte trat ich meine Stelle dort vierundneunzig an. Erst vier Jahre später erfuhr ich, dass unser Firmenchef mein Vetter war. Als dann Zweitausendacht das neue Laguna Coupé auf den Markt kam, war er sofort Feuer und Flamme und das Fahrzeug, welches jetzt abhandenkam, wurde in den Fuhrpark aufgenommen." Um was für ein Geschäft handelte es sich denn bei diesem Herrn Lavalle?" Kommissar Schliemann schien seine Ermittlungsrichtung gefunden zu haben, denn wenn die Tat kein Zufall war, konnte es eigentlich nur um geschäftliche Dinge gehen. „Hier ging es um Arzneien, die scheinbar durch Reimport sehr günstig sein und einen satten Gewinn abwerfen sollten. Da mein Vetter in diesen Dingen sehr schnell das Volumen und evtl. Vorgehensweisen überblickte, war ihm eine rote Warnlampe im Gehirn angegangen und er meinte zu mir bei der Rauchpause vorm Hotel „Zur Schauenburg":

"Mit dem besten Willen, bei dieser Geschichte ist er Wurm drin und dieser Lavall ist mir in einem „früheren Leben" schon einmal unangenehm aufgefallen, ich weiß bloß nicht mehr in welchem Zusammenhang." Darauf teilte er diesem mit, dass aus dem Geschäft nichts werden könne. Dieser zeigte sich etwas enttäuscht, meinte jedoch, dass er in Neunkirchen/Nahe noch einen entscheidungsfreudigeren Partner zur Unterbreitung des Geschäftes ins Hotel Mörsdorf einbestellt habe. Den Rest kennen Sie! Was ist denn mit dem Ehepaar, sind die von Anfang aus dem Schneider? Kann der Mann, als die Hercules über uns donnerte, nicht meinen Vetter erschossen und den Wagen hinter den Büschen versteckt und ihn während Sie unterwegs waren weggebracht haben?" „Herr Riemer, das ist schlüssig abgeklärt. Herr Meisberger liebt zwar auch den Renault Laguna als Coupé´ in nachtblau, er war jedoch sehr erstaunt, dass der Wagen verschwunden war. Ein Motorengeräusch hatte er und seine Frau verständlicherweise genau so wenig hören können wie Sie. Das Flugzeug hat auch dort einen Höllenlärm verursacht." „Es war übrigens das zweite Mal, dass die Familie Meisberger das Auto mit dem Magdeburger Kennzeichen sah. Das erste Mal auf der Autobahn von Sachsen-Anhalt Richtung Kassel, das ist die A 6, wenn ich es richtig ein-ordne. Vielleicht ist Ihnen ja der blaue Mazda mit Kreuznacher Kennzeichen aufgefallen." „In der Tat, an ein solches Auto kann ich mich erinnern. Er fuhr schnell, 180? Aber nicht schnell genug. Mein Vetter war ein rasanter Fahrer. Es fiel mir deshalb auf, weil es so aussah, als wenn sich auf der rechten Seite die Stoßstange lösen wollte." „Sind Sie dann auf dem direkten Weg nach St. Wendel gefahren, wo Sie ja im Golfhotel Zimmer gebucht haben?" „Nein, wir haben in Offenbach noch einen Geschäftspartner besucht, bei dem in letzter Zeit gewisse Schwierigkeiten aufgetreten sind. Er hatte versucht, über eigene Wege Geschäfte in unserer Sparte zu tätigen, sozusagen an unseren Verträgen vorbei. Möglicherweise mit diesem Franzosen Lavalle, wenn ich mir die Sache rückblickend betrachte." „Es würde uns helfen, Herr Riemer, wenn Sie uns Name und Anschrift des Geschäftspartners geben und eventuell noch andere, wenn die Vermu-tung zutrifft, dass Lavall systematisch Ihre Partner, ich will mal sagen „angebaggert" hat, um einen großen Reibach zu machen!" Wenn der Offenbacher Geschäftsmann sich ertappt fühlte, konnte er natürlich in den Kreis der Verdächtigen aufsteigen, was dazu führte, dass die Offenbacher Kollegen uns beistehen mussten. Diese Ge-danken machten Herrn

Schliemann ganz „worres", wie man im Saarland
sagt. Es waren zwar immer wieder Kriminalfälle in der Vergangenheit, gerade in der Grenzregion zu Frankreich oder Luxemburg eingetre-
ten, die ihr ganzes Können erforderte, hier war
scheinbar halb Deutschland involviert. Er
winkte Hubert Recktenwald an den Tisch, wo
verschiedene Notizen und Karten auslagen und
gab die Anweisung: „Herr Recktenwald, Sie fahren nach Neunkirchen/Nahe in dieses Hotel
Mörsdorf und erkundigen sich über Lavall und
den Herrn oder die Frau die er dort treffen
wollte. Vielleicht übernachtet er ja in Neunkirchen!" An jenem 30.April war Monsieur Lavall
dann tatsächlich nach Neunkirchen /Nahe aufgebrochen und traf schon um halb Elf im Landhaus Mörsdorf ein. Das Hotel ist in der Gegend
für bestes Essen und beste Gastlichkeit bekannt.
Als wir vor über zehn Jahren das Jubiläum der
Silberhochzeit zu feiern hatten, schlug ich meiner Frau dieses kleine, feine Hotel vor und nach
einigem Schriftverkehr war dann für das erste
Maiwochenende die Tour geplant und alle einge-
laden, die diese vier Tage im Saarland genießen
wollten. Mit von der Partie war auch Guenther
Behrend, der von dem Saarländischen Motto
„Hauptsach gutt gess!!" im wahrsten Sinne des
Wortes bei Mörs-dorf „mundtot" gemacht wurde.

Es war ihm im-mer nie genug Essen auf dem Teller, hier jedoch musste er einen kleinen Rest liegen lassen, weil es überreichlich gab.

3. Kapitel

Lavall hatte sich einen ruhigen Tisch im vorderen Gastraum reservieren lassen und aufgegeben, wenn ein Herr Vollsen aus Offenbach ein treffen würde, diesen schon einmal an diesem Tisch zu platzieren und zu bewirten. Da es trotz der Hauptstraße sehr ruhig in den Hotelzimmern war, hatte er sich auch gleich ein Zimmer für zwei Nächte gebucht.

In der Meinung, dass Herr Vollsen noch nicht da sein konnte, nahm er seinen Koffer aus dem Auto, holte sich seinen Zimmerschlüssel und brachte das Gepäck in den ersten Stock. Er wollte sich noch etwas frisch machen und ging ins Bad. Scheinbar war das Hotel nach außen gut gegen Lärm abgeschirmt, aber im Innern schien jedes Geräusch bemerkbar zu sein oder der Zimmernachbar hatte eine sehr laute Stimme und schien aufgeregt mit einem Gesprächspartner am anderen Ende der Leitung zu sprechen. „Herr Riemer, das können Sie mit mir nicht machen, es war ein kleiner Abstecher ohne größere Absichten. Meine Verträge halte ich immer ein und Ihre Verdächtigungen können Sie sich sparen!" Lavalle hatte jedes Wort verstanden und wusste

auch sogleich, dass sein Treffen mit Herrn Vollsen ihm in die Karten spielen würde. Inzwischen
wusste er auch wieder wo Riemer ihm begegnet
war und warum er das Geschäft abgelehnt hatte.
Vor zehn Jahren hatte er versucht in den neuen
Bundesländern Fuß zu fassen und mangels größerer Finanzen hatte er durch Verkauf nicht
vorhandener Zertifikate an damals noch gut-
gläubige ostdeutsche Bürger einen guten Schnitt
gemacht. Doch dieser Herr Riemer schien einen
siebten Sinn zu haben und hatte zu dem Verkaufsgespräch einen ihm bekannten Kriminalbeamten mitgebracht. Da inzwischen schon einige
gebeutelte Kunden bei der Polizei vorstellig geworden waren, war er ganz schnell der Justiz
zum Opfer gefallen und für sechs Jahre hinter
schwedische Gardinen gekommen. Während
des Gesprächs mit den Riemers im Hotel „Zur
Schauenburg" konnte er sehen, wie es hinter der
Stirn des Horst Riemer arbeitete: Woher kenn
ich diesen Franzosen. Da es ihm nicht eingefallen war, ließ er vorsichtigerweise das geplante
Geschäft platzen und die beiden fuhren dann
auch schnell weg, höchstwahrscheinlich nach
St. Wendel, wobei, wie er aus seinen inten-siven
Beobachtungen wusste, könnte auch noch ein
Abstecher auf diesen Marpinger Ortsteil Rheinstraße führen. Herr Vollsen war wohl schon ins

Restaurant gegangen und so musste er sich auf dem Weg dahin eine neue Strategie einfallen lassen. Im Gastraum angekommen sah er seinen Gast bereits am Tisch sitzen. „Hallo Herr Vollsen", begrüßte er den Mann, wohl wissend dass niemand anderes dort saß. „Hatten Sie eine gute Anreise? „ "Ja, es war wenig Verkehr„ „Einen kleinen Tipp hätte ich für Sie, bevor wir uns um unser Geschäft kümmern können. Wenn Sie auf Ihrem Zimmer telefonieren, sollten sie Ihre Stimme nicht ganz so laut zur Geltung kommen lassen. Ich habe nämlich jedes Wort verstanden und es könnte sein, dass Sie mit dem gleichen Mann gesprochen haben, mit dem ich heute Morgen versucht habe, ein Geschäft einzufädeln. Ist dieser Herr Riemer zufällig aus Magdeburg und hat dort ein Geschäft mit medizinischen Geräten?" „Ja, woher wissen Sie das?" „Wie gesagt, ich hatte heute Morgen ein Gespräch mit Ihm im „Hotel zur Schauenburg", das heißt, er ist hier im Kreis St. Wendel.

Wenn Sie Differenzen haben, die möglicherweise unserem Geschäft entgegenstehen, dann sollten Sie das vorher klären und wenn Sie schnell sind, können Sie Ihn wahrscheinlich noch in Marpingen auf der Rheinstraße antreffen. Sie fahren am besten über Tholey, Alsweiler, Richtung St. Wendel und dann oben auf der Anhöhe bei dem Wasserbassin rechts abbiegen und immer geradeaus.

Ich werde hier auf Sie warten!" Scheinbar brannte es dem Herrn Vollsen richtig unter den Fingernägeln und wie der Blitz fuhr er mit seinem dunkelblauen Passat in die angegebene Richtung. Wenn es wirklich richtige Differenzen geben sollte, so könnte Herr Vollsen die Lösung seiner Probleme herbeiführen, ein leichtes Lächeln um den Mund ließ ihn seine Zufriedenheit zeigen. Er bestellte sich ein Menü und einen Rotwein aus dem Elsass, bis der Interessent zurück war, konnte ja gut eine Stunde vergehen.

Rudi Vollsen kannte sich etwas aus, Die Beschreibung von Lavalle war sehr gut und so fuhr er an der „Alsweiler Heide" rechts ab und an den beiden Aussiedlerhöfen vorbei, den Hohlweg durch den Wald, wo es immer angebracht war, das Licht anzumachen. Und tatsächlich stand dort ein dunkles Auto und wie er im letzten Moment feststellte, mit Magdeburger Kennzeichen, das gerade wieder weiterfahren wollte. Er beschloss, bis zu den ersten Häusern zu fahren und zu schauen wohin die Fahrt des Herrn Riemer ging.
Im Rückspiegel bemerkte er, dass der Wagen rechts abbog und wie ihm bekannt war, endete

der Weg im Steinbruch. Wahr-scheinlich wollten die Herren eine kleine Pause einlegen. Er parkte den Wagen an der Straße, da wo eine Lücke zwischen den neuen Häusern war und ging dann ebenfalls in Richtung Steinbruch. Der Weg war holprig, von schweren Regengüssen in den Fahrspuren ausgewaschen, aber er kam mit den stabilen Schuhen gut voran und nach dreihundert Metern tat sich eine freie Fläche vor dem Steinbruch auf. Da stand auch der Renault von Herrn Riemer, der eben zwischen den Birken verschwand. Sein Vetter war auf dem Weg in den Steinbruch, der dann weiter in das nächste Dorf führte.

Herr Vollsen sah eine gute Gelegenheit mit Horst Riemer die unterschiedlichen Ansichten in Einklang zu bringen und machte sich auf den Weg zwischen den Birken hindurch und war der Meinung einen dumpfen Knall gehört zu haben. Im letzten Moment konnte er zur Seite hechten und einem mit hohem Tempo von der Lichtung kommenden Motorrad ausweichen. Als er dann ein paar Schritte weiterging, fiel sein Blick auf den am Boden liegenden Mann: Riemer! Ein roter Fleck auf seinem Hemd zeigte ihm, was dieser dumpfe Knall bedeutete. Ohne lange zu überlegen, eilte er aus dem Seitental und war auf dem Weg zu Riemers Wagen, als er Stimmen hörte.

Ein älteres Paar kam den Weg an der ehemaligen Schmiede herunter und der Mann schien das Auto, das da stand, als etwas ganz Besonderes zu betrachten. Da er nicht gesehen werden wollte, verbarg er sich hinter einem dichten Ginsterbusch und wollte warten, bis die beiden sich entfernt hätten. Der Mann schien sehr an dem schnittigen Wagen interessiert zu sein; „Mein Traumwagen drückte er sich aus". Nach kurzer Besichtigung des Autos und einer eher negativen Bemerkung der Frau bezüglich des Alters ihres Partners, lenkte das Paar jedoch seinen Weg in die Richtung wo der tote Herr Riemer lag. Lautes Ge-brumm eines Flugzeuges gab ihm die Möglich-keit, mit dem Wagen von Herrn Riemer wegzufahren. Den Autoschlüssel hatte er neben dem Toten gefunden und aufgehoben. Hinein ins Auto und ganz schnell weg, eine andere Möglichkeit sah er nicht. Auch der Vetter von Herrn Riemer war nicht zu sehen. Seinen Passat würde er bei passender Gelegenheit abholen.

Da Lavalle ihm sehr verdächtig vorkam und das Geschäft mit den Riemer's geplatzt war, musste er ein paar Kilometer hinter sich bringen, er wollte nicht in Verdacht geraten, der Mörder von Horst Riemer zu sein.

„Herr Recktenwald, hat die Spurensuche am

Landgraben nach Reifenspuren etwas ergeben?"
„Ja und nein, wir haben einen Reifenabdruck
von einem Motorrad machen können und versuchen nun Hersteller und Vertrieb heraus zu finden. Ein Auto ist nicht nach Marpingen gefahren und Reifenspuren des Renaults konnten wir
nicht eindeutig feststellen, da die Straße sehr
steinig ist. Wir können aber davon ausgehen,
dass er auf dem Weg, den er kam, auch wieder
zurückgefahren ist. Nun befragen die Kollegen
alle Anwohner der abgehenden Straße und Wege
ob das Auto gesehen wurde. Wir sollten die
Stammgäste noch einmal befragen, da muss doch
irgendeiner etwas gehört oder gesehen haben!"
Das Team im Nebenzimmer hat einfach keinen
Schimmer, wo dieses auffällige Fahrzeug geblie-
ben sein könnte. „Ist denn der Kollege vom Mörsdorf schon zurück? Gibt es denn im Computer
Hinweise auf Lavalle? Sollten wir vielleicht in
Magdeburg bei den Kollegen anfragen, ob Horst
Riemer aktenkundig geworden ist und in diesem
Zusammenhang sich jemand an ihm rächen
wollte?" Hartmut Schliemann versucht seine Gedanken in die richtige Richtung zu bringen, aber
irgendwie passt das alles nicht zusammen.   In
diesem Moment erscheint der lang ersehnte Hubert Recktenwald, der Lavalle interviewen
sollte. „Ja, ich habe den Herrn angetroffen und

gleich mächtigen Hunger bekommen, der hatte nämlich ein richtig gutes Filetsteak auf dem Teller. Er sei Elsässer und wie im Saarland, stehe dort Essen und Trinken an erster Stelle. Da das Landhaus ihm gut gefällt, hat er sich ein Zimmer genommen. Und hatte einen Termin mit einem Rudi Vollsen aus Offenburg, der scheinbar nicht gekommen ist. Aber sobald er da ist, ruft er mich an." „Haben Sie auch das Personal befragt, ist zum Beispiel ein Zimmer für den Herrn Vollsen gebucht?!" Herr Schliemanns Augenbrauen ziehen gewaltig Richtung Zimmerdecke und das bedeutet, dass er mit etwas überhaupt nicht zufrieden ist.

„Das erledige ich sofort, Chef!" „Hotel Mörsdorf, Sie sprechen mit Helene Glaab.
Was kann ich für Sie tun?"„Mein Name ist Recktenwald von der Kriminalpolizei in Saarbrücken. Ich wollte gern wissen, ob bei Ihnen ein Herr Vollsen ein Zimmer gebucht hat und ob er schon eingetroffen ist?" „ Herr Vollsen hat sein Zimmer schon bezogen und ist nach einem kurzen Gespräch mit Monsieur Lavalle wie von der Tarantel gestochen Richtung Tholey gefahren. Sein Auto ist, glaube ich, ein dunkler Passat. Mehr weiß ich auch nicht" „Vielen Dank, Sie haben uns sehr geholfen, Frau Glaab!"

„Herr Schliemann, hat der Herr Riemer nicht gesagt, sie wären noch über Offenburg gefahren, um einem Geschäftspartner den Kopf zu recht zu rücken?" „Und jetzt erinnere ich mich an einen dunklen Passat, der zwischen den ersten Häusern stand, als ich von Alsweiler hierher gefahren bin. Ich schau schnell nach, ob er noch da ist und werde die Anwohner befragen!" Der Inspektor hat es auf einmal sehr eilig, denn die Lösung des Falles scheint nah. Vollsen ist natürlich klar, dass dieses Auto jetzt auf der Fahndungsliste der gesamten deutschen Polizei steht und er so schnell wie möglich das Auto entsorgen muss. Als er vor einiger Zeit von St. Wendel nach Winterbach fuhr, fiel ihm auf, dass ein Auto so fünfhundert Meter hinter dem „Harschberger Hof" links abgebogen ist und war der Meinung, dass da die Lösung seines Problems liegen könnte.

Er war vom Steinbruch kommend über die Rheinstraße nach Marpingen gefahren und über Urexweiler, Remmesweiler nach St. Wendel und dann den Berg hoch, an der Kaserne vorbei nach Winterbach, hinter dem „Harschberger Hof" links abgebogen. Der Weg war geteert und gut befahrbar, nach hundert Metern ging es rechts ab und so wie er die Sache sah den Berg hoch auf die Rheinstraße. Jedoch, dort wo es den Berg hochging war Schluss mit lustig. Ein mit tiefen,

ausgefahrenen Spuren versehener Feldweg hatte
er vor sich und mit dem tiefer gelegten Sportwa-
gen würde er sofort aufsetzen. Zudem schien der
Weg auf die Rheinstraße zu führen und da wollte
er erst hin, wenn er das Auto entsorgt hatte. Der
Weg, der links hinunter ging, sah einladend aus
und war am Ende sicher eine Sackgasse. Da
konnte er den Wagen abstellen und bevor man
Ihn fand, war er mit seinem Auto über alle
Berge. Nach hundertfünfzig Meter war der Weg
zu Ende, an der linken Seite ein Fischweiher und
vorne ein Fischweiher. Das Auto hier zu parken,
war nicht klug. Ich könnte es im ersten Fischweiher versenken. Diesen Gedanken setzte Vollsen direkt in die Tat um. Ein Fischweiher hat natürlich eine geringe Tiefe, vielleicht zwei Meter.
Aber durch Versinken im Schlamm und bei der
geringen Tiefe des Renaults müsste er für einige
Zeit unsichtbar sein. Damit er nicht in Verbindung mit dem Auto gebracht werden konnte,
hatte er die ganze Zeit über Handschuhe getra-
gen, wischte aber zur Sicherheit mit seinem
Stofftaschentuch noch einmal das Lenkrad und
die Flächen, die man normalerweise berührt, ab.
Nachdem er sich überzeugt hatte, dass der Pächter nicht anwesend war und auch kein Spaziergänger in der Nähe war, klemmte er das Gaspedal fest, setzte die Automatik in Gang und die

170 PS katapultierten den Wagen in den Fischteich. Er versank, nachdem die letzte Luft entwischen war und ward nicht mehr gesehen. Das Auto war weg. Er musste jetzt eiligst zu seinem Fahrzeug und wieder nach Neunkirchen, um Lavalle zu berichten. Der Feldweg ging steil bergan und durch sein gutes Schuhwerk erreichte er seinen Passat sehr schnell. Er wendete das Auto an der Abzweigung zum Steinbruch und fuhr rasch in Richtung Tholey. Gerade als er im Hohlweg verschwunden war, erreichte Recktenwald den Standort des Passats, der jetzt auch verschwunden war. Das bedeutet, dass der Vollsen sein Auto wieder bestiegen hatte und über alle Berge war. Was hatte er hier gewollt, warum stand der Wagen hier, wohin wird er sich wenden? Der Kommissar hatte sich die Nummer gemerkt und gab sie den Kollegen von der Verkehrsüberwachung durch, wies auch darauf hin, dass der Gesuchte möglicherweise bewaffnet sei. Durch die Flucht, anders konnte es nicht genannt werden, war dieser Herr Vollsen der Hauptverdächtige. Im Vernehmungszimmer war Kommissar Schliemann einem Wutausbruch nahe, da diese Panne nicht vorkommen durfte. „Wo waren Ihre kriminalistischen Fähigkeiten als Sie den Wagen sahen?" „Ich hab mir die Nummer gemerkt und auch schon an die

Verkehrsüberwachung weitergegeben. Dass der Wagen so schnell weggefahren wurde, konnte ich schließlich nicht ahnen. Durch die Flucht ist dieser Herr Vollsen unser Hauptverdächtiger oder nicht?!" „Nicht ganz, denn Lavalle hat Ihnen gesagt, dass der Vollsen noch gar nicht da war, dabei hatte er schon sein Zimmer bezogen und saß an dem ihm zugewiesenen Tisch im Restaurant. Wer ist der Motorradfahrer?

Was hat er im Steinbruch gesucht? Als erstes müssen wir diese Geländemaschine finden. Der Franzose hatte schließlich auch genügend Zeit, um mit einer schnellen Maschine vor Ort zu sein." Die Stirn des Kommissars legte sich in Falten und das bedeutete, dass er noch eine Möglichkeit im Blickfeld hatte. „Was ist, wenn der Kradfahrer sich mit einem Nebenbuhler dort verabredet hat und Riemer mit diesem verwechselte?" „Dann haben die Meisberger großes Schwein gehabt, denn allein durch das Eindringen in dieses Dickicht hätte der Täter wohl geschossen." „Gut, Herr Recktenwald, gehen Sie noch einmal zu den Bewohnern und fragen nach einer solchen Beziehungskiste, vielleicht sind die anderen Figuren ungewollt Ablenkungsmanöver!"

4.Kapitel

Der erste und beste Anlaufpunkt, um solchen Geheimnissen auf die Spur zu kommen ist und bleibt die „Liebank", die an diesem sonnigen Maitag tatsächlich auch gut besetzt war. „Guten Morgen! Mein Name ist Recktenwald von der Kriminalpolizei aus Saarbrücken, einige von Ihnen habe ich ja bereits kennengelernt. In Zusammenhang mit dem Mord dort unten im Steinbruch sind noch einige Fragen aufgetaucht, die im ersten Moment eigentlich keine Verbindung ergeben. Gab es in der jüngsten Vergangenheit zwischen zwei Männern oder Frauen Zwistigkeiten, evtl. Eifersucht, Neid oder Ähnliches?"

„Ei, beim Meier es e Pährche engezoh, do hotts schon öfter mol e laut Wort genn, weil et ab on zu spät hämm komm es." Zita hatte das Wort ergriffen und die Banknachbarn stimmen kopfnickend zu. Und Georg, ihr Mann, erwähnte, dass sonst alles friedlich und harmonisch sei. „Wo ist denn das Haus von dem Meier?" Der Kommissar wollte natürlich auf schnellstem Weg dieser Spur nachgehen. „Ei, das Haus hinter der Apothekerin, gegenüber vom Franz, do wo das Motorrad steht, wie die heisse wäs ich net".

Schnellen Schrittes ging der Beamte nach einer kurzen Verabschiedung die Straße hinunter, um den Neuzugezogenen seine Fragen zu stellen und möglicherweise einen Täter zu ermitteln. Der Kommissar hatte öfter mit seinem Bauchgefühl die richtige Fährte aufge-nommen. Zuviel war in diesem Fall widersprüchlich und nicht schlüssig. Aus Erfahrung vieler Kriminalfälle war ihm natürlich bewusst, dass, wenn man die erste, bunte Farbe abkratzte, sehr oft das Grau fehlgeleiteter Menschen zum Vorschein kam, die immer klüger als die Polizei waren und am Ende doch in einer Sackgasse landeten und im Gefängnis. "Warken" stand auf der nicht sonderlich gut lesbaren Klingel mit den Kürzeln G. F. Gespannt was sich dahinter verbirgt, drückte der Inspektor den Klingelknopf lang und eindringlich. Nach wenigen Minuten öffnete ihm, wie er unschwer zu erkennen glaubte, ein weibliches Wesen, das eigentlich nicht in diese konservative, heute noch urkatholische Gegend zu passen schien. Die Haare halblang mit fast allen Regenbogenfarben versehen. Zwischen sehr betonten Lidschatten und schwarz gefärbten Augenbrauen schauten zwei leuchtend hellblaue Augen hervor, die irgendwie unnatürlich wirkten. Der Inspektor vermutete aufgelegte, farbige Kontaktlinsen, wie man sie heute in allen Farben bekommen konnte, die allerdings bei der Identifizierung von Personen sehr hinderlich waren.

„Guten Tag, mein Name ist Recktenwald von der Kriminalpolizei aus Saarbrücken. Ich habe ein paar Fragen im usammenhang mit dem Mord im Steinbruch, von dem Sie sicher schon gehört haben, Frau Warken. Darf ich eintreten?"
„Guten Tag, Herr Recktenwald, ich bin nicht Frau Warken und auch nur zu Besuch hier. Ich kann Ihnen keine Auskunft geben. Herr und Frau Warken sind für drei Wochen in Urlaub gefahren." „Wie lange sind Sie denn schon hier im Haus und wie lange bleiben sie hier, Frau ...?"
„Fischer ist mein Name, ich bin seit dem 25. April hier und passe auf das Haus auf."
„Gehört Ihnen das Motorrad vor dem Haus?"
„Nein, das gehört dem Stiefsohn von Frau Warken. Der heißt Stefan Gercken und ist zurzeit mit einem Freund nach Saarlouis gefahren, die wollen sich ein gebrauchtes Auto anschauen."
„Wissen Sie zufällig den Namen von dem Freund und wo er wohnt?" „Nein!" „Gut, Frau Fischer, das wär es fürs Erste. Wenn der Herr Gercken zurück ist, schicken Sie ihn bitte ins Gasthaus Meisberger. Wir haben auch an ihn ein paar Fragen!" Inspektor Recktenwald verab-

schiedet sich und es ist ihm vorgekommen, als wenn er in der doch deutlich hochdeutschen Sprache der Frau Fischer einen fremden Dialekt herausgehört hätte. „Noch eine kurze Frage Frau Fischer, ich habe schon mit den meisten Einwohnern hier auf der Rheinstraße gesprochen und stelle so im Nachhinein fest, dass Sie sprachlich nicht ganz ins Saarland passen. Wo kommen Sie denn her und wo wohnen Sie?" „Ich stamme aus Sachsen-Anhalt und bin vor ein paar Jahren nach Homburg gezogen und wenn die Familie Warken ein paar Tage verreist passe ich auf das Haus auf."

„Welcher Arbeitgeber ist denn für Sie zuständig: die Karlsberg-Brauerei oder die Universität in Homburg." „Man kann erkennen warum Sie bei der Kriminalpolizei sind, Herr Recktenwald. Wenn man seine Heimat verlässt, hat das meistens zwei mögliche Gründe: gen enttäuschter Liebe oder wegen beruflicher Aufstiegspläne. Bei mir treffen zufällig beide Gründe zu". „Das genügt mir fürs Erste und ich hoffe dann, dass Herr Gercken rechtzeitig bei uns vorstellig wird." Die von Frau Fischer angeführten Gründe für den Ortswechsel kann ich für mich ebenso anführen. Meine damalige Freundin hat durch ihre abrupte Beendigung unserer Beziehung den vorgezeichneten Weg für meinen Werdegang stark verändert. Kurze Zeit

nachdem sie sich aus meinem Leben ohne Angabe von Gründen verabschiedet hatte, las ich eine Stellenanzeige einer Firma aus dem Raum Stuttgart, die für einen jungen Mann in meiner damaligen Situation sehr verlockend war. Das Saarland war in den sechziger Jahren des vorigen Jahrhunderts in ähnlicher Lage wie die neuen Bundesländer heute. Seit 1959 gab es die DM als Zahlungsmittel auch im Saarland und ich erinnere mich, dass meine Mutter den ersten Fernseher für rund fünfzehnhundert Mark auf Kredit beim Elektrohändler Hinsberger im Dorf angeschafft hatte, der dann in der Wirtschaft von den Gästen bezahlt wurde. Ähnlich wie bei den Musikboxen mussten die Gäste eine Mark einwerfen, um eine halbe Stunde das Fernsehen zu nutzen. Da ein Fußballspiel mit Pause zwei Stunden dauerte und auch Nachrichten für alle interessant waren, war der Apparat schnell bezahlt. Die Einkommen waren nach der Rückkehr ins „Reich" deutlich unter denen im restlichen Deutschland. Die Personalsuchanzeige offerierte mir das doppelte Einkommen im Raum Stuttgart und die enttäusche Herzensangelegenheit beschleunigte meinen kurzfristigen Entschluss, mich dort zu bewerben. Die Bewerbung wurde angenommen und so begann mein Weg in die weite Welt. Ich teilte meinen Entschluss der Familie mit, die Erlaubnis meiner Mutter klingt noch heute in meinen Ohren. „Wenn Du gehen willst, dann geh!" Als junger Bursche hatte ich den Trennungsschmerz, den ihr mein Weggehen bereitete, nicht bemerkt und nur meine persönlichen Ziele im Auge.

So konnte ich mir vorstellen, dass das Einhüten für die Frau Fischer eine gute Abwechslung und Zeit für Erinnerungen brachte. Erfahren habe ich diese Zusammenhänge in der Wirtschaft bei meiner Mutter, da hier alle Fäden in diesem schrecklichen Geschehen zusammen liefen. Die Beamten konnten nicht gänzlich vermeiden, dass Erkenntnisse nach draußen drangen. Unsere Rückreise schien sich durch die schleppenden Ermittlungen der Kripo zu verschieben, denn konkrete Hinweise hatten sich bis dato nicht ergeben. Es gab, wie Kommissar Schliemann seinen Mitarbeitern am Morgen berichtet hatte, zu viele Verdächtige, die alle Gründe hatten, Riemer zu beseitigen, wenn er tatsächlich das Ziel des Anschlages war. Es konnte natürlich auch der Freund der Frau Fischer ins Saarland gekommen sein und seinen Nachfolger umbringen zu wollen. Ein tödlicher Irrtum. Vollsen war nachweislich mindestens auf der Rheinstraße gewesen. Es wurde auf jeden Fall der dunkele Passat gesehen. Die relative Nähe zum Tatort könnte darauf hinweisen, dass er möglicherweise zu Fuß den Landgraben hinab zum Steinbruch gegangen war. Lavalle schied momentan aus der Liste der Verdächtigen aus, da er im Landhaus Mörsdorf auf die Rückkehr des Herrn Vollsen wartete. So hatte es die Frau Glaab ausgesagt und er saß noch mindestens eine Stunde am Tisch im Restaurant.

„Inspektor, was hat denn die Befragung der Leute auf der „Lügenbank" gebracht?" Die Frage zu Beginn der morgendlichen Besprechung ließ Hubert Recktenwald eifrig in seinen Notizen nach sehen, was er seinen Kollegen Neues zu berichten hat. „Nun die Leute auf der Bank sagten mir, dass kürzlich in das Haus hinter der Apothekerin ein Paar neu eingezogen sei, von denen sie jedoch weder Namen noch Herkunft wüssten. Und vorgestellt hatten sie sich auch nicht. Ich habe das Haus aufgesucht, las auf der Klingel „Warken G.F.". und hab dann geklingelt. Es wurde mir aufgetan und ich kann es nicht anders beschreiben, ein Paradiesvogel öffnete mir die Tür. Bunte Haare, alle Regenbogenfarben, dunkle Lidschatten und ein Blau der Augen, wie die Adria im Sonnenlicht, ich glaube farbige Kontaktlinsen.

Die Bewohner des Hauses seien im Urlaub und sie, Frau Fischer, passe in der Zeit auf das Haus auf. Zwei Dinge könnten Hinweise auf unseren Fall geben: Erstens stand ein Motorrad vor dem Haus, das einem Mitbewohner, einem Herrn Gercken, gehören soll. Er war allerdings nicht anwesend und ich habe Frau Fischer aufgetragen, ihn hier herzuschicken, damit eine Befragung stattfinden kann. Sie selbst wohne in Homburg und stamme, und jetzt passen Sie auf, aus Sachsen-Anhalt. Das Motorrad könnte von Herrn Riemer wahrscheinlich identifiziert werden, denn es ist wirklich eine Geländemaschine. Die zweite Verbindung zu unserem Fall könnte eine der Ursachen für den Umzug der Frau Fischer ins Saarland sein. Es sei verschmähte Liebe und berufliche Verbesserung gewesen, warum sie hier her gekommen ist. Das ist eine Aufgabe der Kollegen in Homburg und Sachsen-Anhalt, die uns ja sowieso unterstützen." "Herr Müller, gibt es von der Verkehrsüberwachung eventuell Neuigkeiten in Bezug auf die verschwundenen Autos?" "Nein, Kommissar, wie Sie wissen ist unser kleines Land mit Autobahnen durchzogen

und man ist ganz schnell im Elsass oder in Luxemburg oder wenn noch schneller gefahren
wird, in Italien oder Polen. Auch der Renault
ist nicht aufgefallen und das ist seltsam, denn er
ist sehr selten." „Gut, fassen wir noch einmal zusammen: Monsieur Lavalle könnte Urheber des
Geschehens sein, wenn die Tat mit dem Geschäft
zu tun hat. Als Mörder scheidet er meines Erach-
tens aus, da er zur fraglichen Tatzeit im Hotel
in Neunkirchen /Nahe gesehen wurde. Herr Riemer fällt auf der Liste erst einmal ganz nach hinten, ich glaube ihm das, was er gesagt hat, es ist
im Ganzen schlüssig.

Herr Vollsen ist zurzeit unser Hauptver-dächti-
ger: Er war wahrscheinlich sogar am Tatort, sein
Auto war hier und wenn der Renault weg ist,
kann er damit weggefahren sein und hat den
Wagen versteckt. Dann ist er wieder zur Rheinstraße gekommen und mit seinem Auto davon
gefahren.

Wenn das so abgelaufen ist, dann müsste dieses
Auto im Umkreis von vielleicht drei, vier Kilometer abgestellt sein. Herr Recktenwald, ziehen
Sie doch mal auf der Karte einen Kreis von circa
drei Kilometern um die Rheinstraße und dann
errechnen wir mal, von wo ein guter Fußgänger
in fünfzehn Minuten zur Rheinstraße gelangen
kann." Ich saß gerade wieder mit meiner Frau

bei meiner Mutter am „Cheftisch", als die Tür zum Kriminalzimmer, wie neuerdings das Nebenzimmer nannte, aufging. Da wir um diese Uhrzeit an einem Montag die einzigen Personen im Raum waren und da die Fragen die der Kommissar stellen wollte einen Fußgänger betrafen, war ich der Ansprechpartner. „Herr Meisberger, Sie kennen sich doch auch nach all den Jahren hier im Umkreis von drei Kilometern aus. Wie lange braucht man von den umliegenden Ortschaften hier auf die Rheinstraße?" „Wenn der Bub off die Äwed muschd, dann hatt ers no Wenderbach en zehn Minutte geschafft, häm war es doppelt so lang". Meine Mutter hat wie gesagt mit Ihren neunzig Jahren noch ein relativ gutes Gehör und bringt nur manchmal verschiedenste Dinge so zusammen, dass daraus knifflige Situationen entstehen können. Und da in der Wirtschaft auch viele Ohren offenstehen, kann daraus ganz schnell ein böses Gerücht entstehen. „Meine Mutter hat Recht, da ich öfter die Zeit verschlafen hatte, musste ich mich sputen und konnte in zehn Minuten in Winterbach beim Lattek am Bus sein. Zurück geht es auf dem letzten Kilometer steil bergan und da braucht man schon zehn Minuten länger. Man schafft das letzte Stück auch schneller, wenn man im Dunklen von einem Mann mit Zigarette im

Mund verfolgt wird. Ich kam einmal spät aus St. Wendel zurück und es war bereits dunkel. Mit fünfzehn Jahren ist man zumindest halbstark, aber wenn einem im dunklen Wald eine glühende Zigarette entgegen komme, ohne dass Schritte zu hören sind, dann laufen die Beine von alleine. Solche eiligen Schritte kann ein Glühwürmchen in der Dunkelheit auslösen. Warum wollen Sie das wissen, wenn es keine große Verschwiegenheit erfordert, Herr Schliemann, hat es mit der Tat zu tun?" „Dieser Fall scheint auf der einen Seite einfach in der Lösung, auf der anderen Seite sehr verzwickt. Wir haben verschiedene Szenarien bereits durchgespielt und Sie haben sicher mitbekommen, was sich im Großen und Ganzen dort im Steinbruch abgespielt hat und wer die Beteiligten sind. So hat der Inspektor auf der Herfahrt vor zwei Tagen am Anfang der Rheinstraße, wenn man von Alsweiler kommt, einen Passat mit Offenbacher Kennzeichen stehen gesehen." Als wir dann hier die Sachlage erörtert haben, fiel es ihm wieder ein und als er nachschauen wollte, war der Passat schon wieder weg. Nun wäre es möglich, dass dieser Fahrer dort im Steinbruch war, wo Sie den Toten fanden und während die Hercules über Ihnen den Krach machte, mit dem Renault weggefahren ist. Wir fragen uns nun: Wenn der

Betreffende den Renault versteckt hat, wo steht er und vor allen Dingen wie konnte er so schnell zum Passat kommen, denn vom Ankommen des Inspektors hier und der Feststellung dass der Passat weg ist, können höchstens dreißig Minuten vergangen sein." „Wenn ich mich recht entsinne, hat einer der Gäste gesehen, dass der Renault in Richtung Marpingen gefahren sein soll. Dann kann er über Urexweiler, Remmesweiler, St. Wendel nach Winterbach gefahren sein und da den Wagen abgestellt haben. Die Fahrt dauert vielleicht eine Viertelstunde, wenn es jemand eilig hat, zehn Minuten. Da ich auch nach vierzig Jahren fast alle Wege noch kenne und davon ausgehe dass der Betreffende sich nicht auskennt, kann er durch Zufall dorthin gelangt sein, wo ich den Wagen verstecken würde, um schnell wieder auf die Rheinstraße zu kommen. Von Urexweiler, Marpingen oder Alsweiler brauchen Sie be-deutend länger, da die Anstiege steiler und länger sind. Da benötigen Sie eine halbe Stunde. Wenn ich jetzt am Harschberger Hof vorbei fahre gibt es, bevor ich nach Winterbach reinfahre, links einen geteerten Feldwirtschaftsweg, der einmal zur Wurzelbach führt und wenn man vorne rechts abbiegt, führt der Weg wieder nach ca. dreihundert Metern nach Winterbach und geradeaus auf die Rhein-

straße, einem ausgefahrenen Waldweg folgend.
Bevor ich dort bergan fahre, kann ich halbrechts
nach fünfzig Metern in einen versteckten ehemaligen Sandsteinbruch fahren. Wenn der Wagen dort abgestellt wird, schaffe ich mit flottem
Schritt den Weg zum Passat in zehn Minuten.
Dort könnte ihn aber der Imker entdecken, der
seine Bienenvölker dort hinstellt und der hat
jetzt, wo die Blüten täglich mehr werden, da
auch täglich zu tun und hätte es hier in der Wirtschaft bereits erzählt. Es wär Ihnen zu Ohren gekommen. Bei der zweiten und wahrscheinlichs-
ten Möglichkeit erinnere ich mich, wie wir als
Kinder mit Neylonfaden bewehrten Bambusste-
cken an dem dortigen ersten Fischweiher reichlich Beute machten, die wir bei unserem Hausfriseur Meier ungesalzen brieten und leider
nicht essen konnten. Nach diesem Erfolg wollten
wir noch mal groß ernten, jedoch war diesmal
der Pächter zugegen und beim Versuch, das
Weite zu suchen, musste der allerbeste Sonntags-
schirm meines Vaters dranglauben, was natürlich der Zeit entsprechend, eine Bestrafung nach
sich zog. Diese zweite Möglichkeit, Herr Schliemann, wäre wohl die bessere: Ein Auto, was man
nicht sieht, kann man auch nicht finden, ge-
schweige denn melden. Wenn man am Fuß des
Waldweges links abbiegt, sieht man nach gut

hundert Meter einen Fischweiher und wenn der Pächter nicht da ist, würde ich das Auto dort versenken. Gaspedal feststellen die Automatik auf Spurt stellen und dann schießt der Wagen ohne Hindernis in den See. Zwei Meter Tiefe und ein halber Meter Schlamm reichen dann aus, um dieses schöne Auto unsichtbar zu machen!" „Sie wissen aber wie man es macht! Bisher habe ich Sie nicht im Verdacht gehabt, aber wenn wir dort den Wagen finden, dann muss ich doch nachdenken." „Mei Bub es doch schon e mol mit seinem Auto in die Bach gefahr, deswegen wäs er wie's gett!" Meine Mutter hatte aufmerksam zugehört und sich an den unseligen Donners-tag, den zwölften erinnert, als ich im Rahmen einer privaten „Fahrstunde" mit meiner Frau im Renault 17 durch die Wellblechgarage in die da-hinter befindliche Au gefahren bin und das Auto bis zum Dach in den Fluten versank. Wir mach-ten sozusagen ein Überlebenstraining und konn-ten leider nicht trockenen Fußes nach Hause ge-hen. „Da sind Sie aber auf dem Holzweg! Das Auto hätte ich persönlich nicht versenkt. Meine Frau wäre auch nicht allein in den Steinbruch gegangen und wer hat dann den Mann erschos-sen?

Wenn Sie Spuren von meiner Frau und mir am Fischweiher finden, dürfen Sie mich verhaften, wegen groben Unfugs und Sachbeschädigung. Bedenken Sie aber, dass hier im Saarland in der Nacht vom 30. April zum 01.Mai die Hexen unterwegs sind und allerhand Schabernack treiben. Aus meiner Kindheit weiß ich, dass beim Jakob am 1.Mai morgens die Tür zugemauert war und sogar der Heuwagen auf dem Dachfirst stand. Wir Kinder haben den Hexen sogar geholfen, indem wir aufs Dach des heute noch vorhandenen Stalles, in dem damals ein Knecht seine Wohnung hatte, leere Flaschen in den Schornstein warfen und anschließend diesen mit einer Steinplatte verschlossen. Dies hätte beinahe ein Menschenleben gekostet, da es Anfang Mai in dieser Region noch sehr kalt sein kann, und deswegen musste der Knecht den Ofen anheizen, der dann allerdings den ganzen Qualm n der Wohnung verteilte." „Es war meiner Überzeugung nach ein anderer Täter und selbst der Besitzer des Passats muss nicht der Mörder sein. Ihre Ausführung ist jedoch sehr plausibel und ich werde gleich jemanden zur Prüfung auf Reifenspuren dort hinschicken!"

5.Kapitel

Inzwischen hatte sich Vollsen für einen kurzen Moment zum Nachdenken mit seinem Wagen auf dem Parkplatz kurz vorm Schaumberggipfel gestellt. Es war schon später Vormittag, die Armbanduhr zeigte zehn Uhr dreißig an. Was ihm da durch den Kopf ging, war nicht gerade zu seiner Erbauung geeignet. Er wollte ein lukratives Geschäft abschließen und schien jetzt der Hauptverdächtige in einem Mordfall zu sein, den man sich hier in diesem, von grünen Hügeln und weiten Wäldern gesegneten Land, überhaupt nicht vorstellen konnte. Wie war er da hinein geraten und vor allen Dingen, wie konnte er da wieder ungeschoren heraus kommen? Ungeschoren ging eigentlich nicht mehr. Statt sich bei der Polizei zu melden und die Lage aus seiner Sicht darzustellen hatte er den Tatort verändert, das Fahrzeug entwendet und versenkt und war jetzt mit seinem Wagen auf der Flucht. Wohin, wusste er selbst nicht, denn es war ja klar, dass die Polizei alle Straßen, die irgendwie aus dem Saarland hinaus führten mit Straßensperren belegt hatte. Ins Hotel in Neunkirchen/Nahe konnte er auch nicht, obwohl es ihm in den Fingern juckte, mit dem Herrn Lavalle ein paar ernste Worte zu wechseln, denn von ihm wurde

er schließlich auf die Rheinstraße geschickt.
Vielleicht ganz gut, dass er mit den Riemers
nicht ins Geschäft gekommen war, so blieb für
ihn eine kleine Chance, ans große Geld zu kommen. Herr Riemer war ihm auf die Schliche gekommen, dass er an der Firma vorbei, eigenen
Profit generierte. Mit seinem Tod hatte er jedoch nichts zu tun und solange das Auto nicht
gefunden wurde, war er nicht in ernsthafter Gefahr. Just in diesem Moment fiel ihm ein, dass
Horst Riemer während einer Geschäftsbespre-
chung in Magdeburg einen Vorgang erwähnte,
bei dem er beinahe eine große Menge Bares verloren hätte. Und es sei so gewesen, dass ein Franzose aus dem Elsass mit sehr guten Deutsch-
kenntnissen in den neuen Bundesländern mit
wertlosen Zertifikaten Kasse machen wollte.
Herr Riemer war allerdings dafür bekannt, dass
er für drohendes Unheil einen Riecher besaß und
einen befreundeten Kriminalbeamten zu dem
Verkaufsgespräch mit brachte, der dann den De-
linquenten dingfest machte und auf Grund der
vielen Fälle für sechs Jahre hinter schwedische
Gardinen schickte. Und nun war ihm blitzartig
klar, aus welchem Beweggrund die Riemer das
Geschäft abgelehnt haben mussten. Horst Riemer hatte in seinem Gehirn dieses Gesicht abge-
speichert, konnte aber nach dieser sehr langen

Zeit jedoch keine Verbindung herstellen. Da La-valle sein Telefonat mitgehört hatte und die Wut in seinen Worten natürlich wahrgenommen wurde, schickte er ihn zur Rheinstraße, mit dem Hintergedanken, dass er in einem Streit zu ver-hindern suchte, dass Riemer zur Erkenntnis ge-langte, wer da mit ihm Geschäfte machen wollte. Lavalle war natürlich in den langen Jahren äl-ter geworden und hatte sein Aussehen dahinge-hend verändert, dass ein Mensur-Bärtchen seine Oberlippe zierte und die Haare heute in silber-grauen Locken um seinen stattlichen Kopf weh-ten. Wenn ich schon so tief in der Sache stecke, quasi zum Morden angestiftet wurde, kann der Gauner sich zumindest finanziell an dieser von ihm ausgeheckten Vorgehensweise beteiligen. Die Polizei wird er nicht zu Rate ziehen, denn er hatte ganz bestimmt Dreck am Stecken und bezahlt ihm die zu fordernden fünfzigtausend Euro. Durch die modernen Telefone, meistens schon kleine Computer, hatte er immer alle Nummern der Gesprächs-partner gespeichert. „Lavall", meldete sich die ihm bekannte Stimme, „mit wem habe ich denn das Vergnügen?" „Mon-sieur, ich habe mich von Ihnen in eine schlimme Sache schicken lassen, aus der ich nur durch meine ganz schnelle Ausreise aus Deutschland o-der sogar Europa kommen kann. Dazu benötige ich natürlich Reisegeld, welches Sie mir zu vorkommend überlassen werden. Herr Horst Riemer ist ermordet worden, weil er Sie erkannt hatte und wieder für einige Jahre ins Gefängnis bringen konnte. Denn auch die Geschäfte, die Sie jetzt durchführen sind schließlich ausserhalb der Legalität!" „Das hört sich wie Erpressung an, Herr Vollsen. Damit kommen Sie nicht durch!!" „Nun, vielleicht haben Sie ja schon gehört, dass Herr Horst Riemer erschossen wurde. Da ich ihn nicht mehr lebend gesehen habe und Sie genau wussten, wo ich die Herren finden konnte, nehme ich an, dass das Ihr Werk ist und ein kleiner Tipp an die Polizei wird Ihnen ganz schnell eine Mordanklage an den Hals bringen!" „Gut, Sie wollen also Reisegeld? An welche Summe haben Sie denn gedacht?" „Die Frage hört sich vernünftig an. Fünfzigtausend Euro dürften fürs erste genügen. Kommt ganz auf Ihr Entgegenkommen an. Ich schlage vor, wir treffen uns im Café auf dem Schaumberg gegen 16 Uhr. Sie kom-men allein und ich lasse die Polizei aus dem Spiel. Ist das für Sie in Ordnung?" So viel Geld habe ich nicht so schnell zur Verfügung. Wir können uns erst morgen früh treffen! " „Monsieur, ich bin doch nicht auf den Kopf gefallen. Für den Abschluss des Geschäftes haben Sie mir für heute sogar Fünfundsiebzigtausend Euro geboten und die sollten mir heute übergeben werden. Da Sie scheinbar den Ernst der Lage nicht erkennen wollen, bitte ich höflich um den gesamten Betrag. Wir sehen uns dann um 16 Uhr im Hotel zur Schauenburg, nein falsch im Café´ auf dem Schaumberg. Und kommen Sie nicht auf krumme Gedanken. Au revoir, Monsieur!" Er drückte auf den roten Telefonhörer und ließ die Luft aus seinen Lungen. Das Café war rund hundertfünfzig Meter vom Parkplatz entfernt, ein kurzer Anstieg und der Blick über das St. Wendeler Land war bei diesem Wetter besonders eindrucksvoll. Einige hundert Stufen höher, in fast 600 m, wär er sogar berauschend. Der alte Turm des Schaumberges, der von der größten saarländischen Brauerei vor über fünfzig Jahren als Werbeträger auf dem Karlsbergstern über alle Grenzen bekannt war, wurde in den siebziger Jahren des vorigen Jahrhunderts durch den jetzigen ersetzt, der in den vergangenen Monaten renoviert wurde und demnächst wieder in altem Glanz erscheint. Vom Schaumberg auf die Rheinstraße zu sehen, war öfter unser Ziel, wenn wir die Verwandtschaft im Saarland besuchten und auch während der Silberhochzeitsreise vor über fünfzehn Jahren war selbst den fußkranken Mitreisenden der Weg auf den Turm nicht zu steil, ging ja auch mit dem

Fahrstuhl. Ich muss sehen, dass ich mir nicht selbst eine Falle stelle. Vollsen spielte in Gedanken das Treffen mit Lavalle durch und kam zu der Überzeugung, dass er seinen Gönner zuerst zum Treffpunkt gehen lässt und wenn er oben angekommen ist, die Luft der Reifen in die Freiheit schickt, damit ihm der feine Herr nicht folgen kann. Allerdings kannte sein „Gönner" sein Auto und so war es vielleicht besser, sich einen anderen fahrbaren Untersatz zu besorgen und das ohne großes Aufsehen. Unten in Tholey hatte er eine VW-Werkstatt gesehen und nach dem letzten TÜV war bereits der Austausch der vorderen Bremsschläuche angesagt worden. Wenn dann dem Meister noch mitgeteilt wird, dass die Bremsleistung nicht mehr stimmt, müsste er ganz schnell das Auto zur Reparatur da lassen können und meistens hatten die Werkstätten auch Leihwagen für kleines Geld zu verleihen. Es war inzwischen kurz vor Elf, der Weg nach Tholey war in längstens zehn Minuten zu erledigen und wenn bei VW alles so lief, wie er es sich vorstellte, war der Termin um 16:00 Uhr leicht einzuhalten. Schon war er auf dem Weg und fuhr nach zehn Minuten bei VW auf den Firmenparkplatz. Sein Weg führte ihn direkt zur Reparaturannahme und die Frage des Mitarbeiters dürfte jedem von uns bekannt sein: „Was kann ich für Sie tun?". Vollsen hatte sich alles zurechtgelegt und erklärte dem Meister das Problem mit den Bremsen. „Wissen Sie, ich müsste übermorgen zurück nach Offenbach und ich traue den Bremsen nicht mehr. Eine kleine Sache, die noch für mich wichtig wäre: Bekomme ich bei Ihnen einen Leihwagen für heute, da ich noch einen wichtigen Termin gegen 16:00 Uhr habe und vorher werden Sie sicher mit der Über-prüfung bzw. Reparatur nicht fertig sein. Beim TÜV hat man mich schon vorgewarnt, dass die Bremsschläuche schon sehr porös seien, aber noch ein paar Kilometer hielten." „Wir haben allerdings viel zu tun und wenn die Ur-sache von Ihnen richtig geschildert ist, wird der Wa-gen vor morgen früh nicht fertig. Mit dem Leih-wagen haben Sie Glück, den kann ich Ihnen bis morgen gegen 12:00 überlassen. Der Preis ist € 35,00 pro Tag und wird im Voraus zahlbar. Wenn das für Sie in Ordnung ist, dann hätte ich gerne die Zulassungspapiere und Ihren Führer-schein zur Ansicht, dann tauschen wir noch die Schlüssel. Sie bezahlen den Leihwagen und wir sehen uns dann morgen wieder hier." Meister Be-cker ließ sich dann den Passat zeigen, nahm den Schlüssel, dann eine kurze Einweisung in die Be-sonderheiten des roten Golfs und schon war Voll-sen mit dem ersten Teil seiner Vorsorge fertig. „

Ich schaue mal, ob wir sie eventuell vorziehen können, dann sollten sie gegen halb fünf noch einmal vorbeischauen", sagte der Meister zuversichtlich. Das Ganze hatte kaum eine Viertelstunde gedauert und somit blieben ihm noch vier Stunden um den zweiten Teil seiner Absicherung zu gestalten.

Dass Lavalle natürlich seine Flucht verhindern und entsprechende Maßnahmen treffen würde, war ihm klar. Deshalb musste er für den Fall, dass ihm was passieren würde, einen Brief mit seinen Erkenntnissen im Golfhotel in St. Wendel für Richard Riemer deponieren, den er, wenn alles glatt lief, dort selbst abholen wollte. Im Falle seines Fernbleibens oder was noch schlimmer wäre, seines Ablebens, sollte der Brief über Herrn Riemer an die Polizei geleitet werden.

Da er in einer Viertelstunde in Winterbach sein konnte, beschloss er dort in dem kleinen Hotel an der Hauptstraße, auf der rechten Seite in Ruhe den Brief zu schreiben, anschließend nach St. Wendel in das Golfhotel zu fahren und dann wäre er gegen halb Vier auf dem Parkplatz am Schaumberg. Da Lavalle den Golf nicht kannte, das Kennzeichen WND an einen Bürger aus dem Kreis St. Wendel erinnerte, konnte eigent lich nichts schief gehen. Das „Reisegeld" wollte er in Tholey im Postamt ins Schließfach legen und seiner Lebensgefährtin in Offenbach den Schlüssel schicken. Den dafür präparierten Umschlag hatte er bis auf die Anschrift bereits fertig.

6. Kapitel

Jacques, den normalerweise nichts aus der Ruhe bringen konnte, war nervös. Was hatte Vollsen gegen ihn in der Hand? Konnte er wissen, dass er einen Kumpel, den Riemer, nachgeschickt hatte, um zu verhindern, dass die Erinnerung bei Horst Riemer zurückkam. Charles war als leidenschaftlicher Geländefahrer mit seiner Maschine aus dem nahen Saargemünd gekommen, um seinem alten Freund Jacques „Bon Jour" zu sagen.

Charles, einen anderen Namen hatte er nie genannt, war ein alter Haudegen, der jahrzehntelang in der Fremdenlegion an den gefährlichsten Schauplätzen gedient hatte, war ein Heißsporn, wenn man ihm sagte „verhindern, dass....", dann war das quasi für ihn der Befehl zum Töten, besonders, wenn ein guter Freund darum gebeten hatte.

Als ehemaliger Soldat des Kartenlesens fähig, war er bereits nachdem die Riemer die Besprechung im Hotel „Zur Schauenburg" verlassen hatten, Richtung Marpingen gestartet. Beim Belauschen war im zu Ohren gekommen, dass die beiden unten am Steinbruch auf der Rheinstraße eine Pause einlegen wollten.

Im Gewerbegebiet Marpingen geht links die Straße den Berg hinauf und setzt sich dann durch das kleine Wäldchen fort, bis sie als rauer Feldweg durch den Steinbruch bis zur Rheinstraße führt. Die Geländemaschine schien sich wie ihr Fahrer zu freuen, endlich die Fähigkeiten zu zeigen, die in ihr stecken. Diese Maschine war sehr selten und nur wahre Enthusiasten waren geeignet, mit ihr umzugehen.

Im oberen Teil des Steinbruchs angekommen, sondierte Charles die Lage und beschloss, in den Ruinen der alten Schmiede seinen Unterschlupf zu suchen. Nach seiner Berechnung konnten die Riemer in ca. zehn Minuten hier eintreffen und er konnte für seinen Plan nur hoffen, dass die zwei für einen Moment verschiedene Wege gehen würden. Charles war überhaupt nicht in den Sinn gekommen, dass Jacques etwas anderes gemeint haben konnte, als eine Hinrichtung des Verräters. Jacques gab ihm ein Bild mit und er hatte mitbekommen, dass eben dieser Horst Riemer das Auto fuhr. Somit war für Charles die Sache klar. Was seine Pläne stören konnte, war das Paar, das auf dem Feldweg durch die bereits zar ten Bewuchs zeigenden Äcker auf die Schmiede zuhielt. Bei dem gemächlichen Spaziergang mit Schauen, Besprechen und Fotografien brauchten die gewiss eine Viertelstunde. Vielleicht bogen sie auch oben rechts ab, um wieder auf die Rheinstraße zu kommen.

Wie berechnet, vielleicht mit einer kleinen Verspätung, erschien der nachtblaue Laguna und wurde von Charles aus gesehen, rechts geparkt. Da es keinen Grund zu flüstern gab, drangen die Worte ohne Filter an das Ohr des alten Kämpfers und es spielte ihm in die Karten, dass Richard ein Stück in den Steinbruch gehen wollte und Horst entgegengesetzt in das kleine Tal, dessen Eingang kaum zu sehen war.

Trotz seiner zweiundsechzig Jahre waren Charles aus der Zeit der Fremdenlegion gewisse Geräusche wie Flugzeugmotoren noch gut in Erinnerung und so vernahm er mit einem gewissen Glücksgefühl die sich nähernde Transportmaschine.

Es gab keine Zeit, nachzudenken und wie damals in Algerien lief die ganze Aktion wie wochenlang eingeübt ab. Durch Deckung der Büsche auch den Blicken des Paares entzogen, war er in wenigen Minuten hinter Horst Riemer in das „ Tal des Todes" gefolgt. Damit nicht sofort seine

Spur zu finden war, schlich er etwa zwanzig Meter im Kreis um Riemer herum, die mit gebrachte Beretta, mit Schalldämpfer versehen, zielte mit kaltem Lauf schwarz glänzend auf sein Opfer. Das letzte was Horst Riemer nach dem Geräusch eines flüchtenden Rehes sah, war ein Blitz, den Donner konnte er nicht mehr hören. Er hätte ihn auch lebend nicht wahrnehmen können, denn in diesem Moment donnerte die Transportmaschine mit Getöse über den Ort seiner ewigen Ruhe.

Der Weg zurück war für Charles schneller erledigt als die Vorbereitung und das Anschleichen. Die Maschine startete ohne Mucken und wie der leibhaftige Teufel ging es zurück nach Marpingen, haarscharf an Richard Riemer vorbei, der sich nur durch einen schnellen Sprung zur Seite in Sicherheit bringen konnte. Charles war klar, dass er jetzt keinen Kontakt zu Jacques aufnehmen konnte und wenn er in Saargemünd angekommen war, würde die Nachricht über den Mord bereits überall bekannt sein.

Jacques war sicher, dass sein Freund aus Saargemünd der Übeltäter war, aber scheinbar durch ungewöhnliche Zufälle gar nicht in Verdacht geraten könnte. Auch im Hotel hatte keiner seinen Freund gesehen, es könnte höchstens

sein, dass die Geländemaschine einen aufmerksamen Beobachter gehabt hatte. Die Polizei würde auf jeden Fall sehr lange benötigen, um hier einen Zusammenhang herzustellen. Das dringendere Problem war diese Zecke Vollsen, die sich an seinem schwer verdienten Geld sättigen wollte. Auf dem Schaumberg war sicher keine Möglichkeit, ihm in die Parade zu fahren, aber wie meist in seinem Leben kam noch rechtzeitig eine Lösung für das Problem. Um kein Risiko einzugehen, fuhr Lavalle zum Schaumberg und so wie es aussah würde er kurz vor vier dort ankommen. Seinen Citroen musste er ziemlich weit rechts parken, damit er von Vollsen nicht sofort gesehen werden konnte. Der Passat mit dem Offenburger Kennzeichen war sicher nicht zu übersehen, es sei denn der Erpresser käme zu Fuß auf den Berg. Dann wäre ihm schwer zu folgen, zumal er selbst nicht gut auf den Beinen vorwärts kam. Der rote Golf fiel durch seine Signalfarbe zwischen den heute sehr verbreiteten dunkelgrauen, nachtblauen und schwarzen Karossen besonders auf, auch weil er gerade aus der Waschstraße gekommen war. Lavall nahm das Auto nur am Rande wahr, sein Augenmerk war auf den Passat gerichtet, den er trotz intensiver Rundumschau nicht entdeckt hatte.
Der letzte etwa hundert Meter lange Anstieg

war sehr beschwerlich und keuchend erreichte der Franzose das Café. Anfang Mai war in diesen Höhen die Kälte noch zu spüren. Gleichwohl saßen bei diesem klaren, durch die wärmenden Sonnenstrahlen ,schönen Wetter, einige Gäste in der Außenanlage und genossen die herrliche Weitsicht. Vom Schaumberg kann man bei solchen Wetterlagen oben auf dem Turm fast das halbe Saarland sehen, die vielen Dörfer, die hohen Schornsteine der Kraftwerke und ebenfalls die bewaldeten Bergrücken, später die wogenden Getreidefelder im Sommer. All das interessierte Lavall überhaupt nicht. Es war fünf vor vier am Nachmittag und von Vollsen nichts zu sehen. Als die Bedienung vor ihm stand, bestellte er trotz diesem Umstand eine Tasse Café. Die Zeit musste sein und würde seinem Widersacher zeigen, dass ihn nichts und niemand aus der Ruhe bringen konnten. Vollsen wartete geduldig bis Lavall den Anstieg zum Café geschafft hatte. Er wartete sogar einige Minuten länger als üblich, um eventuelle Komplizen zu entdecken, bevor es zu spät war. Dann lief er den kurzen Weg zu dem Citroen und lies auf der vom Fahrer abgewandten Seite die Luft aus den Reifen, sodass erst nach einigen Metern das Malheur auffallen konnte. Dass sein Geldgeber so ruhig beim Café saß, war kein Grund zur Beunruhigung. Sein

Plan war gut, sogar sehr gut und für ihn lief es Bestens. Er bestellte sich ebenfalls einen Kaffee ei der Bedienung und setzte sich dann zu seinem „Gönner" an den Tisch. Da die näheren Tische nicht besetzt waren, war ein dezentes Gespräch ohne Zuhörer möglich.

„Also Herr Lavalle, haben Sie das Reisegeld in der angeforderten Höhe mitgebracht?" "Ich weiß nicht ob es überhaupt einen Grund gibt, es Ihnen in den Rachen zu werfen. Sie können überhaupt keine Beweise für eine Beteiligung an dem Mord haben, denn ich habe mir nichts vorzuwerfen! Also wofür soll ich Ihnen etwas zahlen?"

„Nun, Monsieur, ob ich etwas belegen kann oder nicht, wird sich dann heraus stellen, wenn Sie nicht zahlen und das können Sie mir glauben: Diesmal gibt es mehr als sechs Jahre hinter schwedischen Gardinen." „Fräulein, bitte zahlen!" Vollsen hatte sich erhoben und ging bereits in Richtung der jungen Dame, um seinen Kaffee, den er nun doch nicht ausgetrunken hatte, zu bezahlen. „Moment, Vollsen, wenn ich Ihnen das Reisegeld gebe, wer sagt mir, dass Sie nicht bereits in der nächsten Woche nach Rio wollen und noch etwas dazu haben wollen? „Ich bin, da Sie mich ja bereits kennen, genau wie Sie ein Ehrenmann und bin mit dem zufrieden, was Sie mir mitgebracht haben. Es sei denn, Sie schicken mir Ihren Kumpel aus der Fremdenlegion hinterher, dann kann es natürlich teurer werden!"

Lavalle reichte Ihm den Umschlag mit den geforderten fünfundsiebzig Tausend Euro und Vollsen hatte es jetzt sehr eilig mit dem Wegkommen. Da er vermutete, dass der inzwischen sichtlich nervöse Franzose seinen Fluchtweg zu ergründen versuchte, ging er schnellen Schrittes am Schaumbergturm vorbei und den dort beginnenden Rundweg hinab. So konnte Lavalle nur vermuten, dass er entweder den Berg hinunter nach Tholey oder den Rundweg zum Parkplatz nehmen würde. Da auf dem Parkplatz sein Passat nicht stehen konnte, nahm Lavalle in der Tat an, dass er nach Tholey gegangen war und dort in sein Auto steigen und das Weite suchen werde.

Da dies das Wahrscheinlichste sein musste, ging er so schnell es ihm möglich war zu seinem Wagen, startete und fuhr mit Vollgas an den Verduzten und schreckhaft zurückweichenden Spaziergängern und Besuchern vorbei, bergab zum nächsten Ort Theley. Anschließend würde er dann Tholey aufsuchen und Vollsen irgendwie aufspüren. Allerdings hatte er die Rechnung ohne seinen Widersacher gemacht, wie er nach wenigen hundert Meter feststellen musste. Der Wagen war nicht mehr lenkbar und er musste auf dem Seitenstreifen anhalten. Dann sah er das Malheur: Beide Reifen waren platt. Allerdings waren keine Einstiche zu sehen und die Ventile waren auch vollständig, sodass mit dem im Auto befindlichen Kompressor, den die Hersteller neuerdings anstatt eines Reserverades in die Neuwagen packen, ein relativ schnelles Aufpumpen der Reifen möglich sein konnte. Wie er in Tholey gesehen hatte, gab es eine VW- Werkstatt, die ihm sicher die Reifen vorschriftsmäßig aufpumpen konnten. Es schien trotz dieses Missgeschickes ein Glückstag zu sein, denn als er gerade aussteigen wollte, rauschte dieser rote Golf, den er auf dem Parkplatz gesehen hatte so dicht an seinem Wagen vorbei, dass er beinahe seinen Außenspiegel verloren hätte.

Das Aufpumpen der Reifen ging, nachdem er das passende Gerät gefunden und aus seinem immer gut gefüllten Kofferraum gekramt hatte, relativ schnell und er rechnete sich aus, dass er schneller in Tholey sein würde, als der Fußgänger Vollsen. Vollsen war natürlich seinem Plan entsprechend den Rundweg weitergegangen und hatte aus sicherer Entfernung mit bekommen, wie Lavalle mit quietschenden Reifen bergab fuhr. Dieser Teil seines Planes war aufgegangen und an den hinter der Kurve aufleuchtenden Bremslichtern war zu erkennen, dass sein Geldlieferant den Verlust der Luft aus den rechten Pneus gemerkt hatte. Einen Punkt in seinem Plan hatte er eigentlich nicht so recht bedacht: Wohin mit dem Geld, wenn der Schlawiner ihm auflauerte oder sei-nen Wachhund hinter ihm herschickte? War dann das Geld futsch? Nun, er hatte in Tholey ein Postamt gesehen und in größeren Städten und Mittelpunktorten gab es meistens Schließfächer und es dürfte genügen, wenn er dort den Umschlag deponierte. Das würde allerdings et-was Zeit kosten, aber seine Reparatur war dann wahrscheinlich erledigt und er konnte seine Flucht fortsetzen. Am Hotel" Zur Schauenburg" fuhr Lavalle rechts den Berg hinab und war sicher, dort neben dem Haus von „Eckers Wacholder" anzukommen. Da müsste auch der Fußgänger Tholey erreicht haben. In der Hauptstraße angekommen, suchte er vergebens den Fußweg und die Straße nach Vollsen ab. Er hatte ihn also doch abgehängt. Damit er sicher auf der Straße fahren konnte, sollte nun in der von ihm ausgesuchten Werkstatt der Luftdruck richtig eingestellt werden und dann war nur noch sein Freund Charles die letzte Hoffnung, dass er den Erpresser finden konnte. Kurz vor vier war Etliches los auf dem Parkplatz der Werkstatt. Reparierte Wagen wurden abgeholt und zu reparierende hingebracht. Lavalle ging zur Auftragsannahme, teilte sein Begehr mit und war sehr erfreut, dass der Meister seinen Wagen gleich in die Werkstatt nehmen wollte, da dort die Reifen richtig befüllt werden konnten. „Fünf bis zehn Minuten, dann können Sie Ihren Weg fortsetzen, mein Herr! Sie können sich ja mal deutsche Qualitätsautos ansehen. Ihren Citroen nehmen wir sogar zu einem guten Preis in Zahlung!" Lavalle tat so als ob er wirklich Interesse habe und schlenderte durch die Ausstellungshalle, Dabei fiel sein Blick auf den Parkplatz und dort auf den dunkelblauen Passat mit Offenbacher Kennzeichen. Sollte Vollsen den Wagen zur Reparatur hier gehabt haben oder hatte er das Fahrzeug in Zahlung gegeben und mit einem neuen Auto das Weite gesucht? Da er mit dem erpressten Geld hier noch kein Auto gekauft haben konnte war die erste Möglichkeit wahrscheinlicher. Die platten Reifen wurmten ihn ungemein und da er immer ein kleines, scharfes Taschenmesser als ständigen Begleiter für Notfälle dabei hatte, bewegte er sich relativ flott zum Parkplatz, zielstrebig zu dem Passat. Damit es nicht auffiel, betrachtete er das Auto von allen Seiten, bückte sich hinten und ebenso vorne und da er in seinem langen Gaunerleben den ein oder anderen seiner unliebsamen Komplizen ins Jenseits geschickt hatte, war es ein

Leichtes, beim Ansehen der Vorderachse einen kleinen Schnitt in die Brems-schläuche anzubringen, jedoch nur so tief, dass die Bremsflüssigkeit nur bei einer sehr starken Verminderung der Geschwindigkeit austreten konnte. Das Thema Vollsen wäre dann erledigt. Er war sicher, dass der Passat, wenn nicht heute, dann doch spätestens morgen abgeholt werden würde und zwar von seinem Besitzer. Sollte jemand anderes das Fahrzeug bewegen und zu Schaden kommen, lag es sicher an dem Alter des Autos oder wenn die Inspektionen nur unregelmäßig durchgeführt wurden, beim TÜV. Damit war Lavalle aus dem Schneider und ein unliebsamer Zeuge nicht mehr vorhanden. Dieser Tag schien doch noch einen guten Ausgang zu haben. Ein Tag, der sein Vermögen entscheidend geschmälert hatte. Eines durfte natürlich nicht passieren: Vollsen durfte ihn hier nicht erblicken, er würde eins und eins zusammenzählen und sein Auto hier überprüfen lassen. Meister Becker brachte seinen Wagen auf den Parkplatz vor der Ausstellungshalle. Inzwischen war Lavalle weit genug vom Passat weg, um in irgendwelche Verdachtsmomente zu geraten. Er fragte, was zu zahlen wäre: "Keinen Sou!", meinte der Meister, aber die Kaffeekasse freue sich immer auf neue Besucher, sprich Geldscheine. Zehn Euro war ihm die Sache wert und schon saß er in seinem geliebten Citroen. Sein Ziel konnte nur das Hotel in Neunkirchen-/Nahe sein. Man musste ihn dort wahrnehmen. Sonst konnte er leicht in Teufelsküche kommen. Riemer und jetzt noch Vollsen, da würde die Kriminalpolizei anfangen wie ein Bienenschwarm auszufliegen und möglicherweise ungeklärte Vermisstenanzeigen im Raum Straßburg überprüfen. Letztendlich würden sie auf ihn kommen. Das war nicht in seinem Sinn. Nachdem Vollsen seinen wert-vollen Briefumschlag im Schließfach deponiert und den Schlüssel an seine Frau in Offenbach abgeschickt hatte, war es an der Zeit, das Auto abzuholen. Der Meister wartete bereits, denn eines war heilig in dieser Werkstatt: Der Feierabend. „Hallo, Her Vollsen, wurden Sie aufgehalten? Sechzehnuhrdreißig schließen wir nämlich die Werkstatt. Ihr Wagen ist fertig, wir haben die Bremsschläuche getauscht, ansonsten ist Ihr Auto für sein Alter noch fit. Ich wünsche Ihnen gute Fahrt. Die Rechnung schicken wir Ihnen zu oder wollen sie gleich bezahlen?" „Ich habe eine Scheckkarte mit, es wird ja nicht die Welt kosten. Wieviel ist es denn?" "Zweihundertzweiundzwanzig und vierzehn Cent!" Vollsen steckte die Scheckkarte in das dafür vorgesehene Gerät, Geheimzahl ein-geben und schon war alles erledigt. „Hier Ihr Schlüssel. Weiterhin gute

Fahrt!" Nur mit halbem Ohr vernahm er noch den Gruß und war schon auf dem Weg zum Auto. Der Plan hatte gut funktioniert, der Schlüssel mit entsprechender Anweisung unterwegs, die Suche nach seinem Auto schien bereits zurückgefahren, sonst hätte man sicher alle VW Werkstätten informiert und hier in Tholey wär dann ganz bestimmt schon die Polizei aufgetaucht. Nun war der weitere Weg entscheidend. Auf die Autobahn Saarbrücken-Trier könnte er in Theley fahren oder die Auffahrt Tholey Hasborn nehmen. Es bestand hier aller-dings die Gefahr, dass seine Verfolger sich auf die Lauer gelegt hatten. Dies war schließlich der einzige Weg, um dem im Raum Saarbrücken auf jeden Fall noch installierten Fahndungstrupps zu entkommen. Also blieb eigentlich nur der Weg auf die Autobahn Saarbrücken-Neunkirchen-Trier, die er an der Auffahrt bei Dirmingen erreichen konnte. Er könnte dann vielleicht die A 8 nach Trier nehmen und über die Bundesstraße 41 ausweichen. Das würde bedeuten: Idar-Oberstein zur A 61 Richtung Frankfurt und dann nach Offenbach. Das waren ein paar Kilometer mehr, aber wohl der sichere Weg nach Hause. So wie er immer vorsichtig mit seiner Privatadresse war, hatte er seinen Geschäftspartnern und selbst Riemer nur seine Firmenadresse genannt. Privat

wohnte er in einem kleinen Stadtteil von Offenbach. Allerdings hatte seine Frau Elisabeth ihren Mädchennamen behalten und in den Ad-
ressbüchern war sein Name nicht zu finden.
Nach Dirmingen, dem nächsten Ort vor der Autobahn, brauchte er nur vom Parkplatz rechts
abzubiegen und die Landstraße geradeaus zu
fahren. Kurz bevor es ins Dorf ging war die
Straße, bzw. die Abfahrt, sehr steil und man
musste rechtzeitig bremsen, um nicht über die
Straße zu schießen. Er war vor vier Tagen mit
dem Renault von Riemer über Alsweiler, Tholey,
Berschweiler, Urexweiler nach St. Wendel Winterbach gefahren und hatte dann anschließend
das Coupé im Fischweiher versenkt. Obwohl er
die Strecke schon gefahren war, über raschte ihn
der steile Abhang und die Frau, die mit ihrem
Hund die Straße überqueren wollte. Und wie
schon tausendmal geschehen: Bremse voll durch-
treten, dann hört man das ABS und das bleibt
Auto stehen. Irgendetwas an diesem Automatis-
mus, den er in vielen hunderttausend gefahre-
nen Kilometern schon öfter durchführen musste,
versagte heute. Er sah noch den Hund durch die
Luft fliegen, an der Leine sein Frauchen hinterher. Das Letzte, was er wahrnahm, war die Lücke zwi-schen den Häusern und das tiefe Tal, dessen Grund rasend auf ihn zukam. Irgendjemand

machte dann das Licht aus. Vollsen war nun wohl auf dem Weg zu dem Geschäftspartner Riemer. „Bei einem schweren Verkehrsunfall am Ortseingang von Dirmingen aus Richtung Tholey sind zwei Menschen zu Tode gekommen. Auch ein Hund, der mit seinem Frauchen unterwegs war, konnte nicht gerettet werden. Wie die zuständige Polizeidienststelle mitteilte, handelt es sich bei dem Fahrer um einen Geschäftsmann aus Offenbach, der im Zusammenhang mit einem Tötungsdelikt in Marpingen am 29.04.2015 gesucht wurde. Wahrscheinlich hat der Fahrer durch zu hohe Geschwindigkeit die Fußgängerin mit ihrem Hund übersehen und anschließend die Kontrolle über den Wagen verloren. Laut der Rechnung, die die Polizei gefunden hat, wurden in einer nahege-legenen Werkstatt in Tholey die Bremsschläuche erneuert. Allerdings sieht es so aus, dass eben diese Schläuche dem Bremsversuch nicht standhielten, was an der ausgetretenen Bremsflüssigkeit erkennbar war. Meister B. von der Werkstatt hat selbst die Reparatur abgenommen und keine Fehler festgestellt. Das Weitere wird die angeordnete kriminaltechnische Untersuchung feststellen. Eine Manipulation durch Komplizen sei nicht auszuschließen." Die Nachricht von Radio SR 3 erzeugte bei Schliemann starke Magenbeschwerden. Was *war jetzt passiert?*

7.Kapitel

Wie immer, wenn die Arbeiter und die Ange-
stellten Feierabend haben, beginnt im Gasthaus
die Arbeit. Die eingangs Erwähnten genehmigen
sich, bevor sie das traute Heim aufsuchen, noch
ein Bier oder auch zwei. Entsprechend ist es an
jenem Dienstag, der vierte Tag nach dem
schrecklichen Mord, wieder laut wie immer im
Gasthaus „Zum Krug im grünen Kranze". Wirtschaftspolitik, Regionalnachrichten, Haus-
tratsch oder auch irgendwelche Romanzen werden am Tresen und manchmal auch an Gäste an
den Tischen weitergegeben, ob sie es hören wollen
oder nicht. Früher, als die Dorfzeitung noch einen Namen, mit einem der Gäste waren diese
Nachrichten im Nullkommanix im ganzen Dorf
herumgetragen und wie bei allen Nachrichten
mit unerklärlichem Beiwerk verziert. Ich kann
mich noch erinnern, als mein Bruder einen
schweren Unfall mit dem Fahrrad in der Ringel-
gasse hatte, da sprang die Kette ab. Die Bremse
war nicht funktionsfähig, der Misthaufen nicht
genehm! Und so fuhr er am Ende der Straße gegen ein Haus. Furchtbare Schmerzen und auch
Beschädigung im Bereich des Kopfes. Ich mag
wohl zehn gewesen sein und auf dem Heimweg

von Tante Maria (da konnte ich mit Legosteinen bauen), als unbekannte Leute, die mich wohl aus der Wirtschaft kannten, mir erzählten: "Dein Bruder ist gegen ein Haus gefahren und der Schädel von vorn nach hinten gespalten." Nun, ich schreibe das nicht, um hier besonderes Aufsehen zu erregen, nein, weil es die lautere Wahrheit ist. Wie der Volksmund schon sagt: Es wurde hier aus einer Maus ein Elefant gemacht. Ich war natürlich sehr erleichtert, als ich zu Hause mitbekam, dass der Elefant ein Hirngespinst war und mein Bruder zwar schwer verletzt war, aber eben die Verletzung nicht dem Ausmaß entsprach, das man mir unterwegs mitgeteilt hatte. Die Gespräche am Tresen drehten sich naturgemäß um diese schreckliche Untat im Steinbruch und inzwischen war sogar der Staatssicherheitsdienst der ehemaligen DDR involviert. Den Kern der Wahrheit, den schließlich selbst die Kripo nicht kannte, war somit im Nebel internationaler Verbrecherbanden untergetaucht.

Ein seltener Gast, den nur ganz Eingeweihte kannten, hatte sich heute eingefunden. „Ei, Fritz Neubauer, es dann schon Weihnachte, dass Dau hei ren kemmscht?" Meine Mutter kannte den Pächter vom Fischweiher in Winterbach schon eine geraume Zeit, war allerdings erstaunt, dass er mitten im Jahr in der Wirtschaft auftauchte.

Es war nicht seine Art. „Wina, du glaabscht et net, aich han e richtisch gurres Geschenk grit. Lauder dore Fisch. Aisch han geheert, die Kripo es bei auch? Kann mer do ren gehe orrer wird mer gleich verhaft?" „ Geh nur e ren, vielleicht hat das jo mit der Geschicht zu tun. Mei Bub wollte se ach schon verhafte, weil er gemennt hat, wenn er e Auto schnell verschwenne gelosst hätt, dann hätt er es en deinem Weiher versenkt. Vielleicht hann jo die Fisch ke Benzin gemocht. Geh nur ren, Fritz!"

„Herein", die Stimme von Inspektor Recktenwald hörte sich gereizt an, waren doch die Ergebnisse alles andere als aufbauend, bzw. die Lösung der Mordgeschichte lag eigentlich noch in weiter Ferne. Es fühlte sich an, als wären die Mosaikstückchen zu dem Bild dieses Falles in ganz Europa und dem ehemaligen römischen Reich verstreut.

„Guten Tach, meine Herren, ich bin der Fritz Neubauer und mir gehören die Fischweiher unten in Winterbach. Ich möchte eine Anzeige machen!?" „Herr Neubauer, wenn diese Anzeige mit unserem aktuellen Fall zu tun hat, nehmen wir Sie gerne auf. Um was geht es denn?" „Ei irgendjemand hat im erschte Fischweiher mei Fisch vergiftet. Die schwimme all owe off`m Wasser.

Hei, ich han mol drei-vier mitgebraacht." Die Beamten hatten die Plastiktüte in den Händen des Herrn Neubauer gar nicht bemerkt und erschraken fast, als er ihnen die toten Fische unter die Nase hielt. „Kommissar, wenn Sie sich von Ihrem Schreck erholt haben, hängen Sie doch mal ihren Riecher in diese Plastiktüte. Keine Angst, die Fische sind ganz frisch. Allerdings scheinen sie Benzin getankt zu haben." „Wenn dem so ist, wird die Überprüfung des Weihers die Vermutung und Ausarbeitung von Herrn Schliemann bestätigen: In dem Weiher von Herrn Neubauer liegt ein nachtblaues Renault Laguna Coupe im Wert von fast vierzigtausend Euro. Und das heißt, dass der Ablauf so war, wie Herr Meisberger aus Schleswig-Holstein es dargestellt hat.

„Herr Neubauer, wir nehmen Ihre Anzeige auf. Den Schaden wird wahrscheinlich die Versicherung des Wagens übernehmen. Ihre Aufgabe wird sein, den Schaden genau zu beziffern. Wir haben bereits Beamte hinausgeschickt, die Ihren Fischweiher mit Hilfe von Tauchern aus Saarbrücken nach einem vermissten Wagen durchsuchen. Da es sich hier um ein laufendes Verfahren handelt, muss ich Sie darauf hinweisen, dass Sie sich strafbar machen, wenn von dem, was wir hier besprochen haben, draußen etwas bekannt wird!" „ Sie hören dann von uns!" Hauptwacht meister Müller verabschiedet den Besitzer der Fischweiher und begrüßt Polizeiobermeister Neis von der Dienststelle der Polizei in Lebach. "Herr Neis, was führt Sie zu uns? Sind Sie jetzt der Kripo zugeteilt, da Sie ja schon immer ein glückliches Näschen hatten?" „Man könnte annehmen, dass es so ist, aber ich bin als Landpolizist durchaus glücklich. Mein Herkommen hat allerdings mit Ihrem Fall zu tun. Wie mir bekannt ist, suchen Sie einen VW Passat, dunkel mit einem Offenbacher Kennzeichen. Der ist jetzt in Dirmingen an den Häusern in der Tholeyer Straße vorbeigeflogen. Den gesuchten Fahrer können Sie zumindest als lebend von Ihrer Liste streichen. Wie Sie vielleicht aus den Nachrichten wissen, gab es in Dirmingen einen Unfall mit zwei Toten, den Hund der Toten mitgerechnet drei. Der Fahrer des Wagens ist der gesuchte Herr Vollsen aus Offenbach. Auf Grund einer Rechnung, die auf dem Beifahrersitz lag, wissen wir, dass in der VW Werkstatt in Tholey an der Dirminger Straße die Bremsschläuche des Wagens ausgetauscht wurden und Meister Becker bestätigte unter Eid, dass die Reparatur vorschriftsmäßig ausgeführt wurde. Allerdings hat die SpuSi gerade an den Bremsschläuchen, die wirklich neu eingebaut wurden, Beschädigungen durch einen scharfen Gegenstand, wahr scheinlich ein Taschenmesser, festgestellt. Das könnte nach meiner Meinung auf die Beseitigung eines Mitwissers hindeuten." „Herr Neis, ich habe von dem Unfall im Autoradio gehört. Da Sie hier gut bekannt sind, habe ich eine verantwortungs-volle Aufgabe für einen Landpolizisten: Sie fahren zu diesem Autohaus und bitten den Meister um Auskunft darüber, ob eventuell außergewöhnliche Kundschaft bei Ihm war, z.B. unser Freund aus Straßburg. Wenn ich mich recht erinnere, fährt er einen Citroen. Fragen Sie ihn auch, ob ihm sonst noch was aufgefallen ist." Nachdem Polizeihauptwachtmeister Neis gegangen war, zeigte die gerunzelte Stirn von Kommissar Schliemann, dass in den Fall Bewegung gekommen sein musste. „Herr Recktenwald, wäre es nicht hilfreich, wenn uns unser feiner Monsieur ein paar Geschichten aus seinem Leben erzählen würde. Denn irgendwie ist er der Mittelpunkt des Geschehens!" „Bevor wir da tiefer in medias res gehen, ist noch zu klären, ob der Freund oder Bekannte von der Frau Fischer nicht zufällig mit der Geländemaschine im Steinbruch war, als Herr Riemer erschossen wurde. Wenn der nicht dort war, müssen wir ein zweites Geländemotorrad suchen lassen. Sie könnten Richard Riemer noch einmal dahin gehend befragen, ob er möglicherweise das Nummern-

schild erkennen konnte. Nationalität zum Beispiel „D" oder „F" oder ein anderes. Lavalle
stammt schließlich aus Frankreich und es könnte
sein, dass er aus der Vergangenheit einen
Freund oder Komplizen hat, der ihm für die
schmutzige Arbeit zur Hand geht." Wachtmeister Müller hatte sich vorgenommen, noch einmal
bei Frau Fischer vorzusprechen, evtl. auch die
Apothekerin zu interviewen, da doch Einiges in
den Magdeburger Kreisen der Medizinischen
Abteilungen ihr bekannt sein könnte.   Die Beamten, die den Fischweiher in Augenschein genommen hatten, bestätigten, dass das gesuchte
Auto dort auf genau die Art beseitigt worden
war, wie von mir angenommen. Auch die Ver-
giftung der Fische war durch das ausgelaufene
Benzin und Öl erfolgt. Mit schwerem Gerät
wurde das Auto aus dem Weiher gehoben um
eventuell noch Spuren zu finden.

Wenn man ein eingefleischter Fan solcher sport-
lichen Autos war, konnte einem das Herz aus
der Brust springen bei diesem furchtbaren An-
blick. Aus eigener Erfahrung wusste ich natürlich: Eine schnelle Reinigung und Trocknung voraus gesetzt, würde dieses Auto wieder ohne Mucken seinen Dienst versehen. Allerdings würden
dem Käufer die Wasserflecke im Leder spanisch

vorkommen und er würde auf jeden Fall nach der Ursache fragen. Die Spurensicherung versuchte jetzt doch noch, die eine oder andere Spur zu finden, die bestätigen konnte, dass der Ablauf des Geschehens am 29.04., so wie bereits zum größten Teil ermittelt, gewesen ist. Der Inspektor war sich in dem Zeitfenster, das durch Vollsen aufgemacht worden war, sicher, dass dieser zwar den Wagen entwendet und dann das Fluchtfahrzeug im Fischweiher versenkt hatte, allerdings nach den bisherigen Erkenntnissen nicht der Mörder des Herrn Riemer sein konnte Etwas mehr Klarheit versprach er sich, wenn festgestellt werden konnte, ob der Freund der Frau Fischer oder ein bisher unbekannter Täter mit dem Motorrad durch den Steinbruch geprescht war. Hubert Recktenwald versuchte, anhand der am Flipchart gemachten Eintragungen, gewisse Verbindungen herzustellen. Vollsen schied für den Mord aus. Lavalle hatte bisher ein solides Alibi, die Dame im Hotel hatte zweifelsfrei bestätigt, der besagte Gast wäre zum angegebenen Zeitpunkt in Neunkirchen gewesen. Gleichwohl könnte dieser gerissene Franzose einen Komplizen gehabt haben, von dem ihnen bisher nichts bekannt war. Lavalle könnte diesen informiert haben, warum ihm Riemer im Wege war und indirekt aufgefordert haben, diesen

Mitwisser zum Schweigen zu bringen. Herr Riemer war unverzüglich aus St. Wendel ins Vernehmungszimmer auf der Rheinstraße gekommen, da er so schnell als möglich nach Magdeburg zurück wollte, um sich um die Geschäfte zu kümmern. Der Sohn seines Vetters war zwar schon in die Geschäfte eingeweiht, jetzt, wo der Vater tot war, jedoch durch die Trauer nicht in der Lage, sich voll auf die Aufgaben zu konzentrieren. Sein Vetter war nach der Obduktion bereits in die Heimat überführt, seine Schwägerin kümmerte sich um die Beerdigung und er würde sie in allen Belangen unterstützen. „Herr Riemer, da Sie nach unseren Erkenntnissen nicht im Verdacht stehen, Ihren Vetter getötet zu haben, werden wir Sie entsprechend nach Magdeburg entlassen und falls dann doch noch Fragen auftauchen sollten, werden wir uns über die dortige Dienststelle mit Ihnen in Verbindung setzen. Eine sehr wichtige, wenn nicht sogar die zurzeit wichtigste Frage, die uns beschäftigt, ist folgende:

Sie haben ausgesagt, dass Ihnen auf dem Rückweg von dem kurzen Spaziergang in den Steinbruch ein geländegängiges Motorrad entgegen kam und Sie sich mit einem Sprung zur Seite retten konnten. Haben Sie dabei zufällig, vielleicht im Unterbewusstsein, das Nummernschild sehen können, eventuell die Marke des Motorrades oder die Farbe? Wie sah die Kleidung aus?" „Herr Inspektor, genau diese Fragen haben mir einige schlaflose Stunden

beschert. Ich kann mich erinnern, dass der Helm rotblau war, mit einem weißen Streifen in der Mitte. Wobei ich nicht sagen kann, ob blau links war oder rot. Die Kleidung könnte mit hellgrau bezeichnet werden, eine Motorradkluft, wie wir sie vor dreißig Jahren in der Bundesrepublik benutzten. Eher sogar eine lederne Fliegerjacke, eigentlich bei Motorradfreaks nicht

mehr in. Das Kennzeichen ist natürlich so eine Sache. Seit dem geeinten Europa sieht man zuerst den blauen Stempel. Das Länderkennzeichen ist in einer hundertstel Sekunde nicht genau wahrzunehmen. Allerdings war dieses Schild eher gelb, was eigentlich in Holland oder Frankreich üblich ist. Da die Farben am Helm ebenfalls auf die beiden Länder hinweisen und Frankreich um die Ecke liegt, vermute ich, dass der Fahrer aus Lothringen oder dem Elsass kommt! Und zum Schluss würde ich die Fahrweise einem Menschen zuordnen, der vor nichts und niemand Angst hat und auch Tod und Teufel nicht fürchtet, um nicht zu sagen, der schon mal durch die Hölle gegangen ist!" „Herr Rie

mer, ich glaube, wenn das zutrifft, werden wir
den Mörder Ihres Bruders in einem größeren Ra-
dius suchen müssen. Übrigens, Ihr Geschäftspartner aus Offenbach scheidet erst einmal als
Täter aus. Er hat zwar das Auto für sein Fort-
kommen benutzt, aber wahrscheinlich erst nachdem er Ihren Vetter tot aufgefunden hatte. Da
er zu Fuß den Landgraben hinunter gegangen
war, war das Auto die einzige Möglichkeit, einige Kilometer hinter sich zu bringen. Als er
dann bei seiner Rundreise über St.Wendel vor
Winterbach den Feldweg sah, der scheinbar zur
Rheinstraße führte, versenkte er das Auto im
dortigen Fischweiher und lief wohl sehr schnell
bergan. Er fuhr dann, bevor wir sein Auto si-
cherstellen konnten, davon. Sie werden es noch
nicht wissen: Herr Vollsen kann uns die noch of-
fenen Fragen nicht mehr beantworten, er ist gestern bei einem schweren Verkehrsunfall ums Leben gekommen. Die Kollegen von der Schutzpo-
lizei konnten bisher keine Person feststellen, die
zu benachrichtigen wäre. Er war Ihr Geschäftspartner und Sie waren, wenn ich mich recht ent
sinne, bevor das Saarland Sie empfing, in Offenbach, um gewisse Dinge zu klären. Um was ging
es dabei?"
„Nun, mein Vetter hatte auf Grund der Umsatz-
zahlen und Auslieferungen von medizinischem

Gerät festgestellt, dass es Differenzen zwischen den gemeldeten Umsätzen und den Auslieferungen gab. Bei Nachfragen bei den von Vollsen betreuten Firmen und Krankenhäusern wurde jeweils bestätigt: Herr Vollsen war da und hat ein sehr lukratives Angebot erstellt. Es wurde auch alles vollständig geliefert und bezahlt. Da bei fast zwanzig Prozent der angeblichen Aufträge von uns nichts geliefert und auch keine Zahlung eingegangen war, überlegte Horst Vollsen vor die Entscheidung zu stellen: Aufklärung und Ersatz des entgangenen Umsatzes oder Anzeige wegen Betrug. Die zurückhaltende Vorgehensweise meines Vetters ist begründet durch die lange Betriebszugehörigkeit und enge Verbindung zu unserer Firma. Es konnte ja sein, dass im privaten Bereich von Vollsen Dinge geschehen waren, die ihn zwangen, schnell Geld herbei zu schaffen und meinen Bruder nicht um einen Kredit zu fragen. Tatsächlich rief Vollsen meinen Bruder im Auto an und bat inbrünstig um ein Nachsehen, er hätte ein gutes Geschäft in Aussicht, das ihm erlaubte, den Schaden zu regeln." „Hat Ihr Vetter zufällig erwähnt, ob Vollsen aus Offenbach angerufen hat oder ob ihm die Telefonnummer unbekannt war?" „Jetzt, wo Sie es sagen, war er doch sehr erstaunt über die saarländische Vorwahl, 06852- oder so ähnlich,

„Richard, das sieht aus, als wenn er in der Nähe wäre. Marpingen hat doch als Vorwahl 06853, nicht wahr? „Also, Vollsen müsste wohl hier im Kreis St. Wendel gewesen sein. Da Offenbach doch einige Kilometer weg ist, könnte er in einem Hotel übernachtet haben.

Möglicherweise war der Termin von Lavalle in Neunkirchen/Nahe mit Vollsen, der dort ein gutes Geschäft in Aussicht sah."

„Gut, das war´s für das Erste. Ich denke, das Zimmer Ihres Bruders in St. Wendel ist von der SpuSi freigegeben und Sie können die Sachen mitnehmen, die er dort hat. Ich wünsche Ihnen eine gute Heimreise!" Kurze Zeit später erschien Hauptwachtmeister Müller mit Neuigkeiten, die ein zufälliges Opfer Riemer ausschloss. Der Freund von Frau Fischer war, wie sie bereits angedeutet hatte, bei seinem Motorradkumpel, wo sie Geburtstag gefeiert und am nächsten Tag Reparaturarbeiten an der Maschine des Freundes vorgenommen hatten. Außerdem konnte er seine Geländemaschine nicht bewegen, da ein Kolbenring kaputt war und der Ersatz aus der Eifel noch nicht angekommen war. Wie ich wusste, gab es schon zu den Zeiten, als mein Bruder Raimund seine Hercules "Fünfgang" bekommen hatte, eine Firma für Tuning in der Eifel, die für solche Spezialfälle am besten geeignet war. Somit war diese Spur erkaltet.

Was blieb den Ermittlern jetzt noch übrig? Riemer war ausgeschieden, Herr Meisberger und Frau nie direkt in Verdacht, Herr Vollsen für Diebstahl des Wagens und Versenken desselben verantwortlich, Lavalle lief scheinbar mit einem Heiligenschein durch die Gegend.

„Das ist der Punkt: Alle, die wir bis jetzt in Betracht gezogen haben, sind entweder aus diesem Kreis wieder begründet ausgeschieden, alle auch nachweislich bisher nicht mit dem Gesetz nachteilig in Berührung gekommen und der einzige verurteilte Verbrecher ist vordergründig nicht involviert. Wir müssen noch einmal nach Neunkirchen/Nahe ins Landhaus Mörsdorf.

Die Frage, die mich beschäftigt ist: Wo hat Vollsen genächtigt? Wenn es um ein Geschäft mit Lavalle ging, dann liegt Mörsdorf nahe oder das Hotel „Zur Schauenburg" in Tholey. Herr Müller, Sie übernehmen bitte Autohaus Warken in Tholey und lassen sich vom Meister Becker den Ablauf des Tages und eventuelle fremde Kunden beschreiben, mit den dazu gehörigen Autos, versteht sich!" „Ich werde das Hotel am Schaumberg, eventuell das Café auf der Spitze aufsuchen und mir anschließend Mörsdorf vornehmen. Wir treffen uns dann gegen 16:00 hier im „Ver nehmungszimmer" bei Christa, Vielleicht kann sie uns ein paar von den hervorragenden Hackschnittchen fertigmachen." Hauptwachtmeister Müller hatte sein Ziel nach zwanzig Minuten erreicht, bei Einsatzfahrt wären es wahrscheinlich nur zehn Minuten. Meister Becker war bereits informiert worden und erkannte den Beamten sofort. Nur ganz wenige Kunden kamen in Schlips und Kragen hierher. „Herr Becker, sie scheinen mich ja sofort erkannt zu haben?" „Ja, Nebenbuhler und Polizeibeamte fallen mir sofort auf. Aber Spaß bei Seite, Sie kommen in einer sehr ernsten, wenn nicht sogar bedrohlichen Sache zu uns. Wenn der Fehler für diesen tragischen Unfall hier in der Werkstatt passiert ist, kann ich mir nur noch den Strick nehmen. Aber für meine Mechaniker lege ich die Hand ins Feuer und auch mein Blick ist noch nicht getrübt. Ich schaue mir solche Reparaturen immer genau an."

„Herr Becker, ich kann Sie in den von Ihnen genannten Punkten voll und ganz beruhigen. Unsere Experten haben zweifelsfrei festgestellt, dass die Reparatur fachmännisch korrekt ausgeführt wurde und der Unfall zwar durch defekte Bremsschläuche verursacht wurde, aber es hat ein Unbekannter sein Messer daran abgewischt und dadurch leider einen Schnitt verursacht, der Bremsen unmöglich machte. Nun läuft natürlich kein Verbrecher, wenn er schlau und gerissen ist, mit einem Messer auf dem Parkplatz einer Autowerkstatt herum. Es ist so Herr Becker, ihr Kunde, der Herr Vollsen, spielt in einem Mordfall, der wie Sie wahrscheinlich gehört haben, in Marpingen passiert ist, eine zentrale Rolle. Er ist nicht der Mörder, er kann aber mit dem Mörder oder seinem Auftraggeber bekannt sein und aus uns bis jetzt nicht bekannten Gründen von diesem dann zum Schweigen gebracht worden sein. Ist Ihnen bei Ihrer Kundschaft etwas Ungewöhnliches aufgefallen? Zum Beispiel eine Reparatur, die normale Autofahrer selbst erledigen können?" „Mit Ausnahme von dem Herrn Vollsen waren das eigentlich nur bekannte Kunden mit VW-Modellen, Inspektionen, Unfallreparaturen usw. Moment, so gegen 16:15 Uhr kam noch ein Franzose mit seinem Citroen Picasso und bat darum, die Luft in den Reifen zu kontrollieren bzw. aufzufüllen. Man hätte ihm auf dem Parkplatz am Schaumberggipfel die Luft auf der rechten Seite aus den Reifen gelassen, was er allerdings erst dreihundert Meter in der Kurve zu spüren bekam. Mit dem bordeigenen Kompressor hatte der die Reifen befüllt und wollte nun sehen, ob genug Luft drin war. Ich sagte ihm, es dauere fünf bis zehn Minuten und er könne sich ja in der Zwischenzeit deutsche Qualitätsautos ansehen. Einen überzeugten Franzosen können Sie damit richtig beleidigen. Bei ihm war aber daraufhin keine negative Reaktion zu bemerken und er ging tatsächlich durch die Ausstellungshalle, selbst die Gebrauchtwagen hat er sich angesehen, wie mir Frau Gerken berichtete. Sie schreibt die Rechnungen. Nach zehn Minuten war der Wagen auch fertig und der Herr fragte, was er zu zahlen hätte. "Luft kostet nichts, es war auch nicht viel aufzufüllen. Aber unsere Kaffeekasse hat immer Hunger. Wenn Sie da etwas hineinlegen, werden Sie von den Monteuren immer bevorzugt behandelt." Daraufhin legte er einen zehn Euro Schein in die Kaffeekasse, verabschiedete sich und ward nimmer gesehen."

„Sie werden jetzt etwas Ärger mit Ihren Monteuren bekommen oder die nächsten Tage den Kaffee selber bezahlen. Die Kaffeekasse ist jetzt somit beschlagnahmt. Sie bekommen sie selbstverständlich komplett zurück wenn unsere Untersuchung beendet ist" Nach kurzer Verabschiedung war Herr Müller schon auf dem Weg zum Schaum-bergturm. Dienstlich versteht sich von selbst! Aber ein Tässchen Kaffee oder auch zwei würde er wohl zu sich nehmen, denn die vergangenen vier Tage hatten doch ganz schön geschlaucht, kamen doch im Saarland relativ wenige solche Mordtaten vor. Nachdem die Bedienung den Kaffee gebracht hatte, musste ganz nebenbei noch eine dienstliche Frage gestellt werden: „Schöne, junge Frau, mein Name ist Müller von der Kripo Saarbrücken und ich würde Sie gern was fragen?"

Die rehblonden Augen verhießen südländisches Temperament und die leichte Röte im Gesicht zeigte Müller dass sein Charme nicht ganz ungelegen kam. Er wusste natürlich, dass nicht alle Gäste so nett waren, wie er es an den Tag legte. „Hatten Sie gestern am Nachmittag, so gegen 16:00 Uhr, auch Dienst?" „Ja!" „War da zufällig ein Mann hier, der nicht zu den Wandersleuten und den normalen Besuchern passte? Etwas korpulent, dunkles, krauses, silbergraues Haar und möglicherweise französischem Akzent?" Die Beschreibung zeigte Wirkung und es kam wieder ein „Ja". „Es wäre vielleicht hilfreich, wenn Sie in kurzen Worten erzählen, was der Mann bestellt hat, ob er noch besucht wurde und wie lange er da war. „Der Herr bestellte sich einen schwarzen Kaffee und schien noch auf jemanden zu warten. Kurz vor Vier bestellte er dann noch eine Tasse und bezahlte. Man könnte sagen *pünktlich um Vier kam noch ein Mann, etwas schlanker und gut zehn Zentimeter größer. Auch er bestellte einen Kaffee schwarz. Ich war noch keine drei Schritte gegangen, als ich hörte wie der zweite den ersten fragte, ob er das Reisegeld dabei hätte. Der erste wich aus und da ich weitergegangen bin, konnte ich die nächsten Worte nicht mehr hören. Ich brachte den Kaffee, erhielt mein Geld und war eigentlich verwundert, dass der zweite ohne den Kaffee zu trinken wieder gehen wollte. Monsieur, hörte ich dann den ersten rufen und darauf kam der zweite zurück und nahm einen dicken, braunen Umschlag entgegen und ging dann doch zügig in Richtung Schaumbergturm und Rundwanderweg. Auch der Monsieur, sage ich mal, ging anschließend re-*

lativ zügig zum Parkplatz und man konnte kurze Zeit später hören, wie er mit quietschenden Reifen bergab fuhr. Er ist scheinbar nicht weit gekommen, denn Gäste berichteten mir, dass ein Citroen mit platten Reifen auf der rechten Seite in der ersten Kurve stand und der Fahrer mit einem Kompressor Luft in die Reifen einfüllte. Nach deren Beschreibung war es der Mann, der zuerst hier war. Beinahe wäre er noch zu Schaden gekommen, weil ein signalroter

Golf sehr dicht am Citroen vorbeigerast sei. Mehr kann ich dazu nicht sagen, Herr Kommissar!" „Sie haben mir ein ganzes Stück weitergeholfen, meine Liebe!" Das Puzzle schien sich zusammen zufügen. Der rote Golf war möglicherweise das Ersatzfahrzeug, das Vollsen sich für die Zeit der Reparatur bei VW Warken ausgeliehen hatte. Das war sicher noch festzustellen und das „Reisegeld" war „Schweigegeld". Und während der Monsieur mit dem Citroen die Luft in Tholey einfüllen ließ, dann konnte er in den zehn Minuten die Bremsschläuche angeritzt haben. Er informierte kurz über das Mobiltelefon die Spurensicherung und fuhr dann noch mal über Dirmingen, um sich die Unfallstelle anzusehen. Er kannte diese landschaftlich schöne Strecke. Links lag Marpingen im Tal, der Segelflugplatz war hier wegen der Thermik aus dem Alsbachtal optimal angelegt und rechts bevor es nach Dirmingen hinab ging, war ein sehr ruhiges, kleines Hotel mit einem wunderhübschen Blumengarten. Ich selbst war dort vor Jahren mit meiner Mutter und ihrem frisch angetrauten zweiten Mann, meinem Onkel Fritz zum Essen, alles bestens und deshalb auch noch in guter Erinnerung. Wachtmeister Müller schien sich in die Landschaft vertieft zu haben, denn plötzlich erschrak er, da die Straße doch steil abwärts ging. So muss auch

Vollsen erschrocken sein und wenn dann noch Fußgänger über die Straße gehen, heißt es: Voll in die Bremsen. So muss es passiert sein, anschließend ins Schleudern geraten und genau die Lücke zwischen den Häusern erwischt, wo es nochmal fast dreißig Meter in die Tiefe ging. Ja und dann Exitus.

Die Spurensicherung hatte außer der Rechnung von der Werkstatt über die Reparatur der Bremsschläuche nichts gefunden, was für den Fall relevant sein konnte. Die Bedienung im Café auf dem Schaumberg hatte doch er-wähnt, dass der Lavalle, um ihn musste es sich handeln, beinahe von einem roten Golf angefahren worden sei. Wenn in dem roten Golf Vollsen gefahren war, dann steht die Frage im Raum: Wo war er in der Zeit bevor er sein Auto abholte?

Sechzehn Uhr im Café, 16:15 vorbei am Citroen mit dem französischen Kennzeichen! Bis Tholey braucht man am Hotel am Schaumberg vorbei fünf Minuten, über Theley zehn Minuten. Den Wagen hat er um 16:35 abgeholt. Somit konnte er innerhalb Tholey noch einen Punkt angefahren haben, wo sich schnell etwas erledigen ließ. War im Café nicht die Rede von Reisegeld in einem dickeren, braunen Umschlag? Dann kann eigentlich nur die Post das Ziel gewesen sein. Sei nen Chef brauchte er nicht zu informieren, der würde sich freuen wenn die Mordsache aufgeklärt wurde. Die Post würde in einer viertel Stunde schließen und so beeilte er sich, zurück nach Tholey zu kommen. Die Dienststellenleiterin stand schon mit dem Schlüssel in der Hand an der Tür, mit der Absicht, diese zu schließen, wenn der letzte Kunde gegangen war. „Hallo, liebe Frau, bevor Sie abschließen hätte ich noch ein, zwei Fragen an Sie. Mein Name ist Müller von der Kripo aus Saarbrücken und ich ermittle in dem Mordfall, der vor vier Tagen in Marpingen passiert ist. Ich will mich auch kurz fassen: War gestern gegen 16:30 zufällig ein Mann hier hereingekommen mit einem braunen, dickeren Umschlag den er abgeschickt oder eventuell in einem der Schließfächer deponiert hat?"   „ Ja, der Mann war hier und hat das Schließfach Nummer 22 gemietet, dann den Schlüssel in einen scheinbar dafür vorbereiteten Umschlag gesteckt und weggeschickt. Wohin, kann ich nicht sagen. Er hat sich die passende Briefmarke geben lassen und hat den Umschlag dann in den Kasten gesteckt." Damit haben Sie mir ein gutes Stück weitergeholfen. Zum Abschluss noch eine Frage zum Ablauf der Zustellung. Von hier geht die Post nach Saarbrücken, dann nach Frankfurt nehme ich an und dann in alle Himmelsrichtungen. Kann man den Weg des Briefes anhand von elektronischen Markierung-gen eventuell zurückverfolgen wenn Absender- und Zielort bekannt sind?" „Das ist bis zum Verteilzentrum möglich und wenn Sie Glück haben und der Mann seinen Absender niedergeschrieben hat, kann sich der Briefträger in dem Bezirk auch daran erinnern." „Dann danke ich Ihnen und wir werden über die Direktion in Saarbrücken versuchen, heraus zu be-kommen, wer der Empfänger ist." „Herr Kommissar, da fällt mir etwas ein. Ich schau mir ja im Fernsehen immer die Kriminalfilme an, am liebsten mit Palue aus Saarbrücken. Da hat man gewisse Techniken angewandt, um an Adressen zu kommen. Der Mann hat ja, bevor er den Brief einsteckte, die Adresse mit Kugelschreiber auf den Umschlag geschrieben und zwar bevor er den Karton mit dem Schlüssel hineingesteckt hat. Die Unterlage ist noch auf dem Schreibpult und die Kunden, die bisher hier waren haben, haben das Pult nicht benutzt. Sie müssen den Block auch nicht zurückbringen. Den können Sie im Büro für Ihre Notizen nehmen, es sei denn es wäre Beamtenbestechung. Dann gehört er auf jeden Fall in die Asservatenkammer." „Wenn ich so Ihre kriminalistischen Fähigkeiten sehe, wird Ihr Platz bei der Kripo in Saarbrücken sein, wenn die Poststelle mal geschlossen wird. Wie ist eigentlich Ihr Name, falls Sie noch eine Aussage machen sollen?" "Ich habe einen saarländischen Allerweltnamen: Birgit Hinsberger und wohne in Urexweiler." „Dann haben Sie es ja nicht weit zu unserer Sonderkommission auf der Rheinstraße im Gasthaus „Zum Krug im grünen Kranze"! Wir melden uns dann bei Ihnen. Vielleicht verzichtet auch der Inspektor auf Ihre Aussage, wenn ich die Sache richtig vortrage." Manchmal sind die kleinen, grauen Zellen doch richtig wach. Müller war mit sich und seinem Ergebnis sehr zufrieden und der Einsatzleiter wird wahrscheinlich vor Freude in die Höhe springen. Kurze Zeit später trafen alle an dem Fall beteiligten Beamten im Vernehmungszimmer auf der Rheinstraße ein.

8. Kapitel

Recktenwald war etwas missgestimmt, da die ganze Sache irgendwie einfach verzwickt war. Vollsen konnte den Mord nicht begangen haben. Er hatte möglicherweise versucht, Lavalle zu erpressen. Aber womit? Dem Elsässer war bisher keine direkte Beteiligung, auch nur ansatzweise, anzulasten. o also suchen und schnell herausfinden, wo der Mörder sich versteckte.

„Herr Müller, Sie scheinen ja das große Los gefunden zu haben! Erzählen Sie!" „Nun, ich war bei der Werkstatt und habe erfahren, dass unser Verdächtigter der Mann war, dem die Luft ausgegangen ist. Laut Meister Becker hatte er ca. zehn Minuten Zeit, um sich am Auto von Vollsen zu beschäftigen. Die Spurensicherung hat auch die dazu passenden Fingerabdrücke an dem zehn Euro Schein gefunden. Unterwegs bin ich dann noch durchgegangen, wieviel Zeit Vollsen verbraucht hat, bis er den Wagen abgeholt hat. Wir wissen, dass das Treffen der beiden pünktlich um sechzehn Uhr auf dem Schaumberg war. Das Ganze hat zwischen fünf und zehn Minuten gedauert. Dann ist Vollsen mit dem Leihwagen, dem roten Golf, in rasanter Fahrt nach Tholey gefahren. Wenn er den weiteren Weg über Theley gewählt hat, benötigte er dafür noch einmal zehn Minuten. Danach hätte er das Auto gegen 16:20 in der Werkstatt abholen können. Hat er aber nicht. Deshalb hab ich mir die Frage gestellt: Was hat er in den verbleibenden fünfzehn Minuten machen können bevor er in der Werkstatt das Auto abholte? Wir wissen, dass er einen dicken, braunen Briefumschlag von Lavalle erhalten hat. Diesen Umschlag, der sicher das erpresste Reisegeld enthält, wollte er sichern und wenn im was passieren würde, sollte eine ihm vertraute Person wissen, wo der Umschlag zu finden ist.

Mein Gedanke war, die Poststelle in Tholey aufzusuchen. Und die Frau Hinsberger hat meine Annahme dahingehend bestätigt, dass Vollsen ein Schließfach mit der Nummer 22 angemietet hat und anschließend in einem dafür vorbereiteten Umschlag den Schlüssel verschickt hat. Da Birgit Hinsberger sehr oft Kriminalfilme im Fernsehen anschaut, gab Sie mir diesen Schreibblock mit, auf dem wir dann mit Hilfe unserer Technik die Anschrift der betreffenden Person herausbekamen. Die Frage ist nun: Besuchen wir diese Dame, Frau Arnold in Offenbach oder riskieren wir, dass der Komplize von Lavalle, sagen

wir mal vorsichtig, sich in diesem Postamt auf
hält bis die Dame den Inhalt des Schließfaches
abholt. Wir können zurzeit davon ausgehen,
dass unser Freund die Anschrift von Frau
Arnold nicht kennt. Sollte er sie wider Erwarten
doch kennen, wird er den unbekannten Komplizen dort hinschicken, um den Schlüssel von ihr
zu bekommen oder um sie ohne großes Risiko
bis zum Postfach zu verfolgen.
Ich habe bereits veranlasst, dass Offenbacher
Kollegen die Wohnung beobachten und wenn
wir annehmen, dass der Unbekannte eine Geländemaschine fährt, können wir zwei Fliegen mit
einer Klappe schlagen." „Gut, Herr Müller, was
Sie veranlasst haben, ist ganz in meinem Sinn,
Wir sollten allerdings eine Zivilstreife mit einem
unauffälligen Wagen in Neunkirchen bei Mörsdorf und bei der Poststelle in Tholey postieren,
falls die beiden Compagnons sich dort treffen.

Wenn wir den Ablauf des Mordtages kurz aufreißen wollen, können wir schon Folgendes feststellen: Die Hauptfigur, um die sich letztlich alles dreht und die den Mord voraussichtlich angestiftet hat, ist unser Monsieur Lavalle. Bei seinem Treffen mit Riemer im Hotel „Zur Schauenburg" am 29.04.2015 fiel ihm auf, dass Horst Riemer sein Gesicht mit einem Geschehnis in der

Vergangenheit in Verbindung brachte und des
halb das Geschäft mit ihm gar nicht erst verhan-
deln wollte.

Er hatte vorsorglich seinen Kumpel, das vermute ich mal, bereits an dem Hotel am Schaumberg posiert und der hat dann mitbekommen,
dass die

beiden auf die Rheinstraße wollten, um dort ein
Pause in dem besagten Steinbruch einzulegen.
Gegen 11.00 Uhr war der Termin mit Vollsen im
Hotel Mörsdorf, wo er dann das laute Telefonat
mit Horst Riemer mit anhörte. Daraufhin infor-
mierte er den uns jetzt noch unbekannten Täter,
worauf der mit seiner Geländemaschine nach
Marpingen in diesen Steinbruch fuhr.

Wahrscheinlich war sein Auftrag, den Horst
Riemer zum Schweigen zu bringen als Befehl
zum Töten aufgefasst worden.

Es deutet alles darauf hin, dass der Täter seine
Maschine und sich selbst in der Ruine der alten
Schmiede versteckt hielt. Da die Vettern keinen
Grund hatten leise zu sprechen, hörte er mit,
dass sie für einen kleinen Zeitraum getrennte
Wege gehen wollten. Wer von beiden die Zielper-
son sein musste konnte er daran erkennen, wer
auf der Fahrerseite ausstieg. Zu diesem Zeitpunkt waren die Spaziergänger noch zu weit
entfernt. So konnte er in diesen verlassenen Teil

des Steinbruchs hineinschlüpfen, den professionellen Schuss abgeben und wieder in sein Versteck in der Schmiede verschwinden. Das Transportflugzeug machte Höllenlärm, die Gelegenheit für den Täter schnell zu verschwinden. Inzwischen war Vollsen auf der Suche nach Horst Riemer in dieses kleine Seitental gegangen, hatte Riemer mit einem Blutfleck auf dem weißen Hemd gefunden, den Autoschlüssel aufgehoben und sich gesagt: Wenn man ihn dort findet, würde man ihm den Mord anhängen. Der Flugzeuglärm war noch deutlich zu hören und so startete er den Renault und ward nicht mehr gesehen. Durch die dichten, buschartigen Birken und Buchen bemerkte das Ehepaar Meisberger nicht den Mann, der aus dem Seitental hinaus schlich während sie dorthinein gingen. Sie meldeten dann den Fund des Erschossenen und gleich auch, dass das Auto nicht mehr da war. Die Geländemaschine hatte sich entfernt, ohne dass sie es hätten bemerken können. Wir können uns nun auch vorstellen, dass Vollsen ahnte, warum der geldgierige Geschäftemacher ihn hinter Riemer hergeschickt hatte und glaubte zu wissen, dass dieser den Mord in Auftrag gegeben hatte. Was natürlich noch bewiesen werden muss. Gleichwohl hat Vollsen Lavalle die Pistole auf die Brust gesetzt und gegen Reisegeldzahlung gezwungen, wie wir gehört haben, zu schweigen wie ein Grab. Was ihm jetzt auch gut gelingt. Wenn der Inhalt des braunen Umschlages Euroscheine sind, kann es sich schon um eine beträchtliche Summe handeln. Und wenn dem so ist, hat der Elsässer wohl noch eine ganze Menge Dreck am Stecken!" "Herr Müller, lassen Sie doch bitte bei den Kollegen in Straßburg anfragen, ob möglicherweise in den letzten zehn bis fünfzehn Jahren Jemand vermisst wurde und ob der Jacques Lavalle in dem Zusammenhang erwähnt wurde." "Hauptmeister Backes, was hat die Anfrage wegen dem Motorrad gegeben?" "Nun wir haben uns in diesem Rahmen auf die Grenzregion Saarbrücken-Blieskastel Saargemünd bis hin nach Bitche beschränkt und es ist eigentlich, wenn ich diese Darstellung jetzt gehört habe, auf einen Mann aus Saargemünd auf der französischen Seite anzuwenden.

Laut Aussagen der Nachbarn ein Patriot, ein richtiger Draufgänger, deswegen auf dem Helm die französischen Farben. Für zwei Tage gab es keine Aussage, ob er zu Hause war. Die Maschine war jedenfalls nicht da. Dieser Haudegen wird als skrupellos eingeschätzt, Einzelgänger und Einzelkämpfer bei der Fremdenlegion. Auch wurde vor einer Woche ein Citroen Picasso aus dem Departement Straßburg dort gesehen, des sen Fahrer sich mit dem möglichen Täter unterhalten hat."

„Haben Sie auch einen Namen erhalten, wie sieht es mit der Fahndung aus?" „Mann kennt ihn nur als Charles, laut Bürgermeisteramt Charles Roussillion, zweiundsechzig Jahre alt und lebt von Gelegenheitsjobs und seiner nicht kleinen Pension von der Fremdenlegion!" „Da wir, wie ich glaube, unsere Falle gut aufgestellt haben, können wir nur hoffen, dass unsere Gedankenspiele zutreffen. Lavalle war nicht entgangen, dass der Erpresser zum Schweigen verdammt war. Die tote Frau und der tote Hund waren ihm egal. Was ihn mehr beschäftigte waren die fünfundsiebzigtausend Euro, die nicht in dem verunglückten Wagen gefunden wurden. Wenn der Umschlag von einem dieser ehrlichen Dörfler gefunden wurde, wären Sie bei der Polizei und für ihn verloren. Allerdings hatte er als gerissener Verbrecher den Plan von Vollsen auch #soweit nachvollziehen können wie die Polizei. Als Vollsen in sein Auto stieg, hatte er keinen Umschlag in der Hand und in die Tasche seiner Jacke konnte er ihn nicht gesteckt werden, weil er viel zu dick war. Wenn er richtig vermutete, war der rote Golf der Ersatzwagen aus dem Autohaus. Bis zu dem Zeitpunkt, vom

Schaumberg bis zur Werkstatt, fehlen irgendwie zehn bis fünfzehn Minuten. Wen hat Vollsen
aufsuchen können? Er kannte hier schließlich
keinen. Der einzige Ort, wo man einen Umschlag verschwinden lassen konnte, war die Post.
Der kurze Abstecher musste sein. Zum Glück
war jetzt am frühen Nachmittag kein Besucher
im Schalterraum und so konnte er seine Geschichte vortragen: "Madame, ich hab da ein
kleines Problem, vielleicht können Sie helfen. Ich
wollte mich gestern gegen sechzehn Uhr mit einem Bekannten hier treffen, wurde aber aufgehalten und telefonisch habe ich ihn bis jetzt nicht
erreicht. Können Sie mir sagen, ob ein Mann um
diese Uhrzeit hier im Schalter war?" Birgit Hinsberger hatte ja vom Hauptwachtmeister Müller
lobend zu hören bekommen, dass sie kriminale
Fähigkeiten besaß und roch den Braten noch
rechtzeitig. Die Fragen, die der Polizeibeamte
gestellt hatte, ließen bei ihr die Alarmglocken
läuten. „Tja, mein Herr, da kann ich ihnen leider nicht weiterhelfen. Gestern hatte meine Kollegin Dienst. Aber ich kann ja bei ihr anrufen.
Vielleicht kann sie Auskunft geben!" Wachtmeister Müller hatte ihr seine Karte da gelassen. Un-
auffällig lag sie neben dem Telefon und mit Ihren
guten Augen konnte sie die Nummer lesen und
zügig wählen, sodass der Kunde keinen Ver-

dacht schöpfen konnte. Es klingelte drei oder viermal am anderen Ende und da ein neuer Kunde den Schalterraum betrat, konnte der Frager sich nicht darauf konzentrieren, was am Apparat gesprochen wurde.

„Hallo Elisabeth, schön dass ich dich erreiche. Du warst doch gestern hier in Tholey in der Postfiliale zum Dienst. Ich hab hier einen Kunden, der fragt, ob gestern so gegen vier Uhr am Nachmittag ein Herr hier war, der nach einem anderen gefragt hat. Nein? Ach so, es war einer da, der ein Schließfach gemietet hat und dann wieder gegangen ist. Dann wird es der nicht gewesen sein, wenn er nicht gefragt hat. Vielen Dank, kommst du heute zufällig noch mal vorbei? Ich hab dir die braune Schokolade mitgebracht, nach der du so lange gesucht hast."

„Also guter Mann, es hat gestern niemand nach Ihnen gefragt. Es war zwar ein Kunde hier, der hat wohl nur in sein Postfach geschaut, vielleicht hat er ja die Filiale in Theley gemeint." Lavalle hatte durch den Lärm, den der neue Kunde mit seinem Husten verursachte, nur bruchstückhaft die Worte mitbekommen und erkannte auch keine unlogische Ausdrucksweise bei der Frau hinter dem Schalter. Also würde er nochmal in Theley vorbeifahren und dann seine Koffer aus dem Hotel holen. „Herr Müller, Telefon für Sie.

Eine junge, hübsche Frau glaube ich und wenn ich mich nicht irre, hat sie gesagt, sie wär die Christel von der Post." Hauptmeister Becker hatte die letzten Worte aus Scherz hinzugefügt, um den Wacht-meister mit der Frau Hinsberger, von der er gestern geschwärmt hatte, auf den Arm zu nehmen. Er konnte ja nicht ahnen, dass er fast die Wahrheit gesagt hatte. „Hallo, Elisabeth, schön, dass ich dich erreiche. Du warst doch gestern hier in Tholey in der Postfiliale zum Dienst. Ich hab hier einen Kunden der fragt ob gestern so gegen vier Uhr am Nachmittag ein Herr hier war, der nach einem anderen gefragt hat. Nein? Ach so, es war einer da, der ein Schließfach gemietet hat und dann wieder gegangen ist. Dann wird es der nicht gewesen sein, wenn er nicht gefragt hat. Vielen Dank, kommst du heute zufällig noch mal vorbei? Ich hab dir die braune Schokolade mitgebracht, nach der du lange gesucht hast." Hauptwachtmeister Müller hatte die Stimme sofort erkannt, hörte die Worte und wusste sofort Bescheid. Lavalle erkundigte sich gerade nach Vollsen. „Herr Becker, die Christel von der Post lässt sie grüßen und erwartet Sie in zehn Minuten am Schalter in Tholey! Am Ortsausgang von Alsweiler schalten Sie das Martinshorn und das Blaulicht aus. Nehmen Sie den Kollegen mit und nehmen Sie von der Zivil streife unsern Täter in Empfang. Die Kollegen werden bereits über Funk verständigt. Und grüßen Sie mir meine liebe Christel, die übrigens Birgit heißt. Und ab die Post!!" Die beiden Beamten in Zivil hatten bereits den Wagen mit der französischen Nummer entdeckt und waren jetzt sehr aufmerksam, damit ihnen der Missetäter nicht durch die Lappenging. Lavalle kam nach wenigen Minuten aus der Poststelle und schien im Auto noch mit jemanden zu telefonieren. Per SMS erhielten sie Mitteilung, den Herrn als tatverdächtigen Zeugen mit der silbernen Acht ins Vernehmungszimmer auf der Rheinstraße zu bringen. Es ging jetzt alles blitzschnell: Aussteigen, die Tür beim Citroen aufreißen und den Herrn in Empfang nehmen. Als die Armbänder klickten, waren auch die Kollegen in Uniform schon da. Dem Zivilfahnder Schnur fiel noch rechtzeitig ein, dass Lavalle telefoniert hatte, sah das Mobiltelefon in der Halterung am Armaturenbrett des Citroen und gab dieses jetzt dem Kollegen Becker mit dem Hinweis weiter, dass kurz vorher ein Gespräch mit dem Gerät geführt wurde.

Inspektor Recktenwald hörte sich den Bericht von Hauptwachtmeister Müller an, zog seine Schlussfolgerung und wiegte leicht den Kopf.

„Nun laufen wir doch Gefahr, die Frau Arnold als Lockvogel zu nutzen. Auf der anderen Seite können wir Lavalle nicht ungeschoren davonkommen lassen, den Unfall von Vollsen hat er nachweislich mit seinem Taschenmesser herbeigeführt, die Fingerabdrücke an den Kotflügeln sind eindeutig und wenn wir das Messer haben, können wir auch beweisen, dass es am Bremsschlauch benutzt wurde.

Wenn der Anruf, den Schnur gemeldet hatte, dem Komplizen galt, ist die Frau Arnold so lange sicher bis Roussillion das Schließfach kennt und den Schlüssel hat. Einen Tötungsauftrag hat er diesmal sicher nicht. Allerdings glaube ich, dass er die Arbeit von Frau Arnold machen lässt, danach das Geld einsackt und über alle Berge abhaut. Es kann heiter werden. Deshalb müssen alle auf ihrem Posten bleiben, am besten bleibt noch jemand in Zivil in der Poststelle, unsere „Kollegin" kommt langsam in die Schusslinie!"

Als die Beamten mit dem Gefangenen im Vernehmungszimmer erschienen, war wieder Ruhe im Lokal, fremde Leute mussten erst einmal in Augenschein genommen werden.

„Wir haben uns lange nicht gesehen, Monsieur Lavalle! Sie wissen, warum Sie hierher gebracht wurden?" „Non, es gibt keinen Grund, mich hier festzuhalten! Sie hindern mich daran, meine Geschäfte zu machen, mon Dieu!" „Sehen Sie Monsieur, wir haben drei tote Menschen und wir glauben, dass Sie dafür verantwortlich sind, bzw. sie umgebracht haben." „Wen soll ich umgebracht haben? Ich werde mich bei Ihrer Behörde beschweren, einen unbescholtenen Bürger eines Mordes zu verdächtigen!" „Wir können beweisen, dass Sie die Bremsschläuche am Wagen Herrn Vollsen aus Offenbach manipuliert haben. Ich bitte Sie höflich Ihre Taschen auszuleeren." Ohne Gegenrede griff der Gebetene in seine Hosentaschen, legte den Autoschlüssel, ein sauber gebügeltes Taschentuch, die Geldbörse und Kellnerkorkenzieher mit Holzgriff, wie man sie im Elsass kaufen kann, auf den Tisch. „So jetzt noch den Inhalt Ihrer Jacke!" „Das geht zu weit!" „Ich kann Sie auch von unseren Beamten durchsuchen lassen. Sie stehen schließlich unter Mordverdacht und wir suchen eine Mordwaffe. Wenn wir das Gesuchte nicht finden, sind Sie wieder frei!" Mit Kopfnicken gab er einem Beamten seine Jacke und dieser beförderte neben einer Brieftasche mit einigen Euronoten ein zehn Zentimeter großes Taschenmesser ans Licht. „Da wir jetzt das gesuchte Messer gefunden haben, werden Sie uns in den nächsten zwei Stunden erzählen, was Sie gestern zwischen 15:00 und 17:00

Uhr gemacht haben. Die zwei Stunden benötigen wir, um nachzuweisen, dass Sie nicht nur den Kotflügel berührten, sondern auch die neuen Bremsschläuche am Auto des leider verstorbenen Herrn Vollsen bearbeitet haben!" "Ich rede ohne Anwalt nicht mehr!" "Herr Lavalle, wir können Ihnen auch erzählen, was Sie in dieser Zeit getan haben und zwar fasst auf die Minute. Gegen fünfzehn Uhr dreißig sind sie vom Landhaus Mörsdorf aufgebrochen, um Ihren Termin mit Vollsen auf dem Schaumberg um sechzehn Uhr wahrzunehmen. Wie die Bedienung uns mitteilte, war Ihre Ankunftszeit fünfzehnuhrfünfzig. Das stimmt so?" "Pünktlich um sechzehn Uhr war Herr Vollsen erschienen. Seine Frage nach dem zugesagten Reisegeld scheinen Sie mit Ausflüchten beantwortet zu haben. Vollsen stand daraufhin auf und wollte gehen. Allerdings konnten Sie ihn nicht ohne Reisegeld gehen lassen, da Sie vermuten mussten, dass der Grund für das Reisegeld in nächster Zukunft bei uns gelandet wäre. Also nach fünf Minuten hielt Vollsen einen dicken, braunen Umschlag in der Hand, der scheinbar reichlich Reisegeld beinhaltete.

Wieviel war es denn, Lavalle?" "Monsieur, der Inhalt geht Sie überhaupt nichts an!" Seine Nervosität war offensichtlich, merkte er doch, dass die Beamten ihm auf die Schliche gekommen waren. „Gut, wir werden es sowieso bald wissen. Es ist uns schließlich bekannt, in welchem Schließfach er sich befindet. Vollsen war gegangen und Sie beeilten sich zu Ihrem Wagen zu gelangen und die Verfolgung des Erpressers aufzunehmen. Zu Ihrem Leidwesen hatte Vollsen das vorher gesehen und die Luft aus den rechten Reifen gelassen, was Sie in der nächsten Kurve gemerkt haben müssen. Als Sie aussteigen wollten, wurden Sie beinahe von einem roten Golf angefahren. Da Sie Vollsen auf dem Fußweg nach Tholey vermuteten, beeilten Sie sich mit dem Aufpumpen der Reifen. Vollsen war inzwischen mit dem roten Golf in Tholey, um seinen wertvollen schlag sicher zu verwahren. Wenn etwas anders vorgekommen ist, dürfen Sie mich gerne unterbrechen.

Da Sie unsicher waren, ob genug Luft in den Reifen war, haben Sie die Werkstatt Warken in Tholey aufgesucht. Das war sechzehnuhrfünfzehn. Ca. zehn Minuten hatte ihnen der Meister in Aussicht gestellt.

Und dann sahen Sie den Passat mit Offenbacher Kennzeichen und die Aufforderung, sich umzusehen, nutzten Sie dann, um die Bremsschläuche anzuritzen, sodass beim nächsten starken Bremsmanöver das Pedal keine Bremswirkung mehr erzielte. Dass es so schnell passierte, hat Sie überrascht. Da Vollsen beim Einsteigen den doch etwas unhandlichen Umschlag nicht bei sich hatte, sind Sie zu dem Schluss gekommen, dass er diesen per Post abgeschickt habe. Stimmt's? Doch wie sollte Vollsen, bzw. ein Vertrauter, das Geld abholen können? Den Schlüssel hat er vermutlich an seine Lebensgefährtin Frau Arnold in Offenbach geschickt und wir gehen davon aus, dass Sie in den kommenden Stunden in der Post in Tholey auftauchen wird, um das Geld zu holen. In ihrem Schlepptau vermuten wir Ihren Komplizen. Ihn haben Sie informiert, wo Vollsen und seine Lebensgefährtin ihr Domizil haben und da er bisher noch keine Anweisung hat, Sie zum Schweigen zu bringen, wird er ihr das Geld abnehmen und dann den von Ihnen verabredeten Treffpunkt ansteuern.

Aus verschiedenen Telefonaten, die wir mithören konnten, ist anzunehmen, der Treffpunkt ist da, wo ein Mörder eigentlich nicht vermutet wird: Auf dem Hof beim Steyler Missionshaus in St. Wendel. Da Sie, Herr Lavalle, bisher keine Einwände vorgebracht haben, gehe ich davon aus dass unsere Recherchen richtig sind. Die Fahrt zum Missionshaus werden wir Herrn Roussillion ersparen, er wird von unseren Kollegen in Tholey bereits erwartet und wird sich für den Mord an Horst Riemer verantworten müssen.

Für den Mord an Vollsen werden Sie sich verantworten und ebenso für den hinterhältigen Mord an Jacqueline Muller in Wissembourg vor inzwischen 12 Jahren. Durch die Zeugenaussagen aus der Bekanntschaft und damals gesicherter DNA, ist auch diese Tat geklärt und wird Ihren Aufenthalt hinter schwedischen Gardinen um einige Jahre verlängern." Wir haben allerdings noch nicht ganz verstanden, warum Sie den Roussillion schon vorab informiert haben, Horst Riemer zu erschießen, obwohl Sie mit den Herren einträgliche Geschäfte machen wollten."

„Bon, ich sehe ein, dass Sie das Geschehen fast lückenlos ermittelt haben und es wird so sein, dass mein Geld futsch ist. Nachdem ich dem Herrn Riemer das Geschäft angeboten und wir bereits einen Termin abgesprochen hatten, fiel mir ein, wer mich damals ins Gefängnis gebracht hatte und ich hatte mir geschworen, mich zu rächen. Charles sollte ihm eigentlich nur einen Denkzettel verpassen. Durch meine Wortwahl „verhindern, dass...." und die von der Fremdenlegion gewohnte Ausdrucksweise, hat er dann den Auftrag mit Exitus erledigt. Das können Sie mir nicht vorwerfen!" „Das Gericht wird hier einen Auftrag zum Mord erkennen, da Ihr Kumpel von Ihnen richtig eingeschätzt wurde, was ja das Ergebnis zeigt." Hauptkommissar Schliemann war schon etwas zufriedener, stand doch die Aufklärung des Mordes vor dem Ziel. „Abführen, den Rest, das fehlende Puzzlestück, werden wir uns jetzt in Tholey holen. Herr Recktenwald und Hauptwachtmeister Müller kommen mit mir und der Rest bereitet schon mal den Bericht vor, dann können wir beruhigt ins Wochenende starten. Der Inspektor kannte sich ja in der Gegend aus und so war das Ziel, die Post in Tholey, in zehn Minuten erreicht und so wie es aussah, war die Arbeit schon getan. Die beiden Zivilfahnder hatten es sich in ihrem Dienstwagen gerade bequem gemacht, als ein Motorrad auf den Parkstreifen vor der Post einfuhr, der Fahrer die Stützen ausklappte und die Maschine abstellte. Da das Nummernschild unzweifelhaft ein „F" im blauen Europastempel hatte, war auf einmal volle Konzentration gefordert. Das konnte nur der erwartete Charles sein. Frau Arnold war wenige Minuten vorher in einem Ford Focus angekommen und ging in diesem Moment zielstrebig zum Postamt. Birgit Hinsberger war genau informiert worden, es war auch die Gefährlichkeit angesprochen worden, die von einem ehemaligen Legionär ausgehen konnte. Frau Arnold war inzwischen auch ein Teil des

Teams, denn bevor sie von Offenbach losfuhr hatten die dortigen Kollegen sie vom Tod des Lebensgefährten informiert, gleichzeitig den Brief mit dem Schlüssel überreicht, den der Briefträger an die Beamten abliefern musste. Dass an dem im Schließfach befindlichen Umschlag Blut klebte, überzeugte sie schließlich, an der Festnahme des Mörders und seines Komplizen mitzuwirken. Sie war auch informiert, dass der Umschlag jetzt nicht mit echtem Geld sondern mit kopierten Scheinen gefüllt war. Allerdings war nur auf einer Seite eine Banknote zu sehen. „Guten Tag, wo finde ich denn hier die Schließfächer?" Das war das Codewort für Birgit Hinsberger und die Antwort war ebenfalls abge-sprochen: "Wenn Sie nach rechts gucken, sehen Sie die Fächer. Jetzt war der kritische Zeitpunkt. Kam unser Mörder in den Schalterraum oder wartete er bis Frau Arnold sich ins Auto setzte, um ihr den Umschlag zu entreißen? Nach den Vorstellungen der Beamten war der Zugriff am Auto mit dem geringsten Risiko für die beteiligten Personen verbunden. Charles war kurz in den Schalterraum gegangen, um zu sehen, dass er die richtige Person im Auge hatte. Diese Zeit nutzte der zweite Zivilfahnder, um mit dem bereitgelegten Kerzenschlüssel die Zündkerze am Motorrad so weit zu lockern, dass ein schneller Start nicht möglich war. Er war sich sicher, in wenigen Minuten mit dem Umschlag unterwegs zum Missionshaus in St. Wendel zu sein. Damit er nicht sofort auffiel, steckte er sich eine Zigarette an und ging ein paar Schritte bis zum Ford Focus, wo er Frau Arnold erwartete.

Das Finale begann! Frau Arnold hatte den Umschlag entnommen und war bereits an der Fahrertür ihres Wagens, als sie einen harten Gegenstand in ihrem Rücken spürte. „Ich will den Umschlag, den sie eben geholt haben, keinen Mucks, dann passiert Ihnen auch nichts, Madame. Wäre auch schade um die hübsche Visage, n'est-ce pas. Kein Risiko, hatte der Kommissar ihr eingebläut. Es war ja nur schnödes Papier ohne Wert in dem Umschlag. Sie reichte diesen nach hinten, denn umdrehen mochte sie sich nicht. „Merci Madame und Au revoir" Charles eilte zu seinem Motorrad und drückte den Starter, jedoch nichts passierte. Den Kickstarter durch getreten und kein Motorengeräusch, dafür eine freundliche Stimme „Kann ich Ihnen helfen?" Als er in die tiefblauen Augen des vor ihm stehenden Mannes sah, sagte eine innere Stimme: „Der Weg ist zu Ende!", der Griff an die Pistole war zu langsam, der Beamte war schneller und schon lag er am Boden, die Ringe aus Edelstahl klickten.

„Monsieur Roussillion, ich verhafte Sie wegen dringendem Mordverdacht an Horst Riemer, den Sie im Steinbruch in Marpingen erschossen haben und wegen Raubüberfall, begangen an der Frau dort an dem Ford Focus." Es folgte die Belehrung, wie sie gesetzlich vorge-schrieben ist und in diesem Moment erschien auch Kommissar Schliemann auf der Bildfläche. „Müssen Sie immer alles alleine machen, Herr Müller?"

„Nein, das Essen, welches ich den überaus tapferen Damen versprochen habe, dürfen Sie bezahlen, da Sie ja das höhere Gehalt haben." „Darauf kommen wir später zurück. Hat der Herr seine Taten schon gestanden oder müssen wir noch ins Verhörzimmer?"   „Sein Verhalten zeigt mir, dass er am Ende seines Weges angekommen ist und für den Rest seines Lebens die besonders gute Küche im Gefängnis genießen will. Stimmt's, Herr Roussillion? Haben Sie Herrn Riemer erschossen und wer hat Ihnen das aufgetragen? Wenn Sie uns das sagen könnten, wären eventuell fünf Jahre weniger drin. Sie wollen doch nicht, dass der Auftraggeber ungestraft davon kommt?" „Jacques hat mich angerufen und mir gesagt, dass ich diesen Riemer am Reden hintern soll. Die Zunge rausschneiden war nicht sicher genug, also hab ich ihn erschossen. Da fast alles für mich gut gelaufen ist, bin ich erstaunt, wie schnell Sie diesen Fall gelöst haben." Wir schreiben den 04.05. und schließen das Verhörzimmer im Gasthaus Meisberger, Karl ist zwar nicht neugierig aber er will alles wissen: "Senn der schon fertig met der Geschicht? Hat jo schnell gang. Bei der gutt Unterstützung durch de Helmut es dat jo käh Wonner!"

Kommissar Schliemann war gerade am Einpacken der Utensilien und in Gedanken am Verlauf der vergangenen fünf Tage: "Den Holsteiner hätte ich beinahe eingelocht, weil er genau wusste, wo wir den Renault zu suchen hatten. Aber da wir hier ja so außerordentlich freundlich und zuvorkommend behandelt wurden, will ich mich bei allen bedanken, die uns geholfen haben diese Spitzbuben und Mörder hinter Schloss und Riegel zu bringen. Frau Wirtin, kann man bei Ihnen auch ein Grillfest arrangieren. Wir hatten im letzten Jahr mangels Zeit kein Dienstfest und da voraussichtlich in den nächsten zehn Tagen die Verbrecher Betriebsferien haben, würde ich jetzt am Wochenende mit allen Mitarbeitern und Helfern in diesem Fall Schwenkbraten und Rostwürstchen essen wollen." „Dann mache mir das am beschte am Samschtag, weil, dann senn jo kä Verbrecher do, nur die Gurre. Dann saan se mer, was se hann welle und ich be-

soije alles. Mei Mann macht dann ett Feier aan
un mei Schwoer gibt ener off sei Geburtsdaach
aus!" „Das war jetzt präzise, so hab ich mir das
vorgestellt. Die Anzahl der Personen gebe ich
Ihnen rechtzeitig durch. Und ab sofort ist das
Vernehmungszimmer wieder ein ganz normales
Nebenzimmer in einem Gasthaus. Wir sehen uns
dann alle am Samstag!"

Ein Grillfest mit Schwenkbraten und sonstigen
saarländischen Genüssen ist immer ein gemütli-
ches Event und wenn dann zufällig die Musik
dazu kommt, schallen die altbekannten Lieder
durch Wald und Flur. Wenn ich an das Jubiläum
25 Jahre deutsch-französische Freundschaft mit
Robert und Raymond aus dem Elsass und
Raimund, Friedrich und meiner Wenigkeit
denke, kann am Samstag ein richtig gutes Fest
stattfinden.

Namen sind frei erfunden oder der regionalen Besonderheit geschuldet. Die Handlung ist so nie passiert und sollte sich jemand dadurch kompromittiert sehen, so bitte ich, dies zu entschuldigen.   Der Autor ist bereits mit 18 Jahren in die Welt hinaus gezogen, über Stuttgart, Wilhelmshaven Sylt, Borkum und zuletzt in Glückstadt vor Anker gegangen. In über vierzig Jahren war immer ein enger Bezug zur saarländischen Heimat. Durch die Gaststätte auf der Rheinstraße war ich immer auf dem Laufenden. Heute, da sich immer mehr alteingesessene Bürger auf die Zeit nach dieser Welt vorbereiten, haben nur noch wenige Einwohner die „gute, alte Zeit" erlebt. Der Weg in ferne Urlaubsländer wird heute eher wahrgenommen .Durch diese spannende Geschichte sollte dem Leser in Nah und Fern die wunderschöne, liebenswerte Gegend um den König der Saarberge vor Augen geführt werden. Nach dem Motto: Warum in die Ferne schweifen, liegt das Gute doch so nah. Das Titelbild zeigt den Hauptdarsteller, den König der Saarberge, in dessen Schatten die Geschichte spielt. Die Erwähnung verschiedener Gaststätten und Hotels mögen diese als wohlgemeinte Werbung verstehen.

Helmut A. Meisberger   Nachdruck verboten!

Der König der Saarberge – 568 m hoch

*Sollte Sie der Weg hier hin führen,
werden die Vorgänge der Geschichte vor
Ihrem geistigen Auge Wirklichkeit*

*Das Luftbild wurde von freundlicherweise von der Gemeinde
Tholey zur Verfügung gestellt.*

Die „Strooßer"Kapelle in Tusche-Lavierung
Von **Wolfgang Trost** zur Verfügung gestellt